雅众
elegance

智性阅读 诗意创造

唯有告别是人生

書を捨てよ、町へ出よう

寺山修司随笔集

[日] 寺山修司 著
高培明 彭永坚 译

北京联合出版公司
Beijing United Publishing Co.,Ltd.

雅众文化 出品

目 录

第一章 扔掉书本上街去　1

第二章 小巷绅士录　41

第三章 高中生诗集　167

第四章 人生入门　213

第一章
扔掉书本上街去

老大爷,也听我说几句嘛

必须快速

我向往快速。喜欢兔子,讨厌乌龟。

然而老大爷们要我们学习乌龟。乌龟正直、勤奋,最重要的是还把"家"安在背上,老大爷们喜欢的,大概就是它这种其貌不扬但老老实实的样子。

速度对于老大爷们来说,压根就是敌人。

"战前派的所谓高雅,表现在他们对速度的挑剔指责,"皮埃尔·卢梭[1]写道,"面对须以一百公里时速疾驰于让-雅克·卢梭[2]推崇的旅行步道上,司机们抱怨连天;实业家们一边用着电话,一边对'昔日好时光'的那些小邮局和轿子满怀惋惜;横渡大西洋轮船上的乘客无不仰天叹息,怀念着当年帆船的魅力——那时的船夫可不像如今这种专业技师,他们像身轻如燕的杂技演员,能从中帆纵身跃上顶帆。"(《速度的历史》,1942年)

---

[1] 皮埃尔·卢梭(Pierre Rousseau):法国作家、天文学家、记者。
[2] 让-雅克·卢梭(Jean-Jacques Rousseau):法国启蒙思想家、哲学家、教育家、文学家。

为什么老大爷们讨厌快速的事物呢?这是因为老大爷们深信速度与人生之间总是存在着对应的函数关系。

所有的速度都会朝向墓地,因此最好还是慢点走。人生在世,哪怕能多看到一片莴苣叶也是好的。这就是讨厌快速的老大爷们的幸福观。

速度越慢越能积攒经验是老大爷们的人生观,这种人生观建筑在反科学的认识之上。可是老大爷们留给我们的文化遗产其实净是些极为快速的东西。从马拉松的奔跑者到隆瑞莫[1]的公共马车,再到天体火箭,这个"速度的历史"在欧洲经过了二千六百年,然而在我国,它是孕育在文化自身的形态之中的。

想想埃及文化吧,那是一种将书简、壁画、玩具、坟墓和所有废物与破烂保存下来,力图凭借回忆勾画出文化轮廓的死人文化;想想那些凝固不变的世界史观和印度文化中力图忘却一切的非历史文化,以及从乌有与涅槃的《梨俱吠陀》[2]到佛陀的宗教有机体……与它们相比,我国的文化大概可以称为"速度"的文化。

日本人不禁深感樱花从开放到凋谢那一瞬即为永恒,这种美学深处也流淌着对于速度的向往。这种向往具有无数可供佐证的材料:从"最快坏掉的劣质出口商品"

---

1 隆瑞莫:法国地名。历史上曾为前往巴黎必经之路上最后一个马车驿站所在地。
2 《梨俱吠陀》:全名《梨俱吠陀本集》,是印度最古老的一部诗歌集。

到堪称世界上最快的诗——俳句。

正当老大爷们呈现出肉体上的衰退,变得厌恶"速度"的时候,我们的那些周刊杂志彩色页面上频频出现了跑车、偷垒王、喷气式飞机"淀号"[1]……有关快速的报道泛滥起来。速度开始逐渐渗透、植入我们的内心,却难以附着在老大爷们的肉体上。一说到速度,老大爷们想到的只有竞技马,只会一把抓起"赛马报"匆匆赶到赛马场去。马赛中的速度是比喻世界的产物,但对于我们来说,速度则是实实在在的东西。这一点我该怎么对你解释呢,老大爷?

不管怎么说,"速度"是我们这一代人的"另一个祖国",是非常适于居住的地方。J. 波本宣称:"人生对于我们来说,已经不再是什么英雄的伟业了。"他这种感受正是从一种以五百公里的时速逃离历史的气魄中萌发出来的。这一点你懂吗,老大爷?

人人喜欢战争的社会

每年一到夏天,杂志画报就要推出原子弹爆炸专刊。于是乎,满大街会到处充斥着原子弹受害者溃烂肌肤和腐败尸体的照片。出版这些专刊的目的,总的来说是反对投掷原子弹,然而我并不想看这样的杂志画报,因为

---

[1] 喷气式飞机"淀号":指1970年3月日本赤军将日航飞机"淀号"劫持并迫降到朝鲜的事件。

我基本上是反对"反对投掷原子弹"的。有一种心理，是名为反对投掷原子弹，实为想一窥他人死去时的丑态。只要这种心理还深植于大众之中，我大概就不会相信什么历史，也不会去参加什么反对投掷原子弹的运动。

倘若哪年夏天精心策划的投掷原子弹纪念专辑出版上市之后，尽管满篇是烧灼瘢痕和美国秃鹰的尸骸，却一本也卖不出去——只有到了那个时候，或许越南战争才会有希望结束。

喜欢战争的老大爷们，你们觉得呢？

"只要有了一点钱，我就想去赌一把。"一听我这愣头青的话，老大爷们无不瞠目结舌。

"就算你赌赢了又怎么样？"反对赌博的老大爷问我，"不义之财是留不住的。如果你的钱不是劳动所得，它就绝对不可能给你带来幸福。"

可是能靠劳动挣来的钱又有多少呢？即便不是我那些干冲床的朋友也一定知道吧：如果我们这一代工薪族均衡地把工资分配在各种生活用途上，是根本买不起一辆运动跑车的。

别说是一辆运动跑车了，就是买一套百科辞典，在马克西姆西餐厅享用一份蜗牛汤，或坐在拳击场第一排观看西城正三[1]的比赛，都是无法实现的奢望。即使想买

1　西城正三：日本职业拳击手，曾获得世界拳击协会第十八代次轻量级拳王称号。

一双新鞋,也不得不反复斟酌掂量。这就是现实。然而另一方面,银座的夜总会却每晚宾客满堂,丰田公司的汽车产量名列世界前茅,售价相当于一名工人半年多工资的全套百科辞典一直跻身于畅销书排名的前列。还有运动跑车展销会上那些趋之若鹜的青少年,瞧着他们一脸垂涎三尺的表情,不禁让人想起水前寺清子[1]歌中唱的:"东京不行还有名古屋呢!"

如此一来,我们当然要对这种带有经济暴力色彩的单一奢华主义[2]进行思考。有的人可以裹着毛毯蜗居在桥底下,却省下钱买来梦寐以求的运动跑车;有的人可以连续三天只靠面包和一罐牛奶度日,第四天却踏进了马克西姆西餐厅。正是这种单一奢华主义突破了平均使用金钱的均衡生活习惯与可能性的地平线。

倘若把金钱均衡地使用在服装、住宿和饮食上,自己便会一下子混同到无差别的"乌龟"群体之中。所以我们才会选择能够体现自己存在的对象,把财力集中用到它上面去。老大爷们揪住那些服装派、美食家、体育狂的年轻人不放,斥之为章法失度。然而这种积极主动的个人体验,实际上是一种极富思想意义的行为。丰富多彩的信息社会广泛均衡地发布着各种信息,越来越使

---

[1] 水前寺清子:歌手、演员,本名林田民子。
[2] 单一奢华主义:指总体来说比较朴素,但对特定事物不惜代价追求奢华的生活方式。

人们认识到自己在这个世界中何等渺小。即使在得知自己干到退休的工资加在一起还顶不上森进一[1]寻欢作乐一年的花销后,老大爷们仍然不得不兢兢业业地一直干下去。为了不重蹈这些无名战争罪犯的老大爷的覆辙,我们在自己的日常生活中就有必要进行"冒险"。

借用一句非洲土著的自白来说吧,当他们生平第一次看见飞机的时候,受到的震撼是何等之大啊!假如把这震撼作为一种思想萌芽的话,那么希望老大爷们能够理解,对于我们低薪工人来说,银座夜总会的一晚,一盅燕窝汤,一次夏威夷旅游,还有非洲的独立运动,以及我国那梦幻般的"东京战争"——全都是单一奢华主义的产物。单一奢华主义会用"时间"道路连接起从现实原则到本能化的另一个现实。

为了达到这个目的,我们并非把这种"赌"当作闲时的乐子,而是将其作为一种思想来把握,我们要从闭塞的时代找出突破口来。虽然老大爷们声称"不义之财留不住",但这个世界上没有不被称作不义之财的钱财。所以,与其像浪曲中唱的"乌龟老子驮着乌龟儿子,乌龟儿子驮着乌龟孙子"那样兢兢业业打工挣钱,还不如到那已经内定输赢的赛车场上去赌它一把。你说呢,老大爷?

---

[1] 森进一:歌手、作曲家。

看见岩下志麻[1]的尾巴了吗?

知道岩下志麻长着尾巴的人很少。就是有人告诉老大爷们吉永小百合[2]的脚趾间长着蹼,或是浅丘琉璃子[3]的腋下长着鳃,他们想必也不会理你。因为老大爷们相信人类是用不着尾巴、蹼和鳃的,他们相信人类肉体是按照社会生活的要求,极为有效地长成的。

老大爷们认为赫拉克勒斯[4]那样的肉体得以长生不老的时代与今世毫不相干,他那种彪形大汉在当代只能去当码头装卸工或是自卫队员。

伊林[5]的《人类的历史》是从人类尚为大自然温顺奴隶的时代写起的,那个时候的人类个子低矮,体质贫弱,尚未成为自然的统治者。他将人类成为大自然统治者的演变过程写得犹如叙事诗,但他还没有来得及写后来"自然"转换为"文明"的历史就辞世了。伊林的心中充满着鲜活的森林,他的这种精神能否真的存活下去实在是个疑问。

老大爷们全都具有发达的臂力和扁平的脚,以及需要戴眼镜的双眼,总的来说,与赫拉克勒斯式十全十美

---
1 岩下志麻:演员,本名筱田志麻。
2 吉永小百合:演员、歌手,本名冈田小百合。
3 浅丘琉璃子:演员,本名浅井信子。
4 赫拉克勒斯:希腊神话中的英雄,又称大力神。
5 伊林(Mikhail ll'in,1896—1953):全名米哈伊尔·伊林,苏联科普作家。

完全不搭边的不完美肉体才是他们所好。一样发达的臂力是不可缺少的工具——用来扒开他人乘上拥挤的地铁；扁平的脚至少能多接触地球一些——好舒缓他们心中的不安感；眼镜则是他们电视和杂志看得太多的结果。然而这些充其量只能适应文明社会的要求，不过是文明社会温顺奴隶的肉体而已。我倒是觉得，不应该让人类的肉体去适应文明，而应该让文明来适应人类的肉体。而所有那些女演员作为这种肉体的先锋，必须去预知新的文明。

只想伸手去爱抚生殖器和哺育器官的老大爷们，希望你们今后恢复对人的尊敬，首先就从对人身上那些看上去无用的肉体、丝毫无用的尾巴开始吧。快点儿，到你们情妇的身上去找尾巴，找尾巴去呀！

月光假面

不是有这么一个人吗?他以为只要披上斗篷、戴上面具,任何人谁都能演一出《月光假面》[1],于是也学着从房顶上跳下来,结果摔断了腿。新闻报道说,此人是个四十出头的保险推销员,他这样做是想成为"正义之士"。读了这篇报道,我不由得心想:"为了成为正义之士就非得戴上面具乔装打扮吗?"

1

在我的少年时代,正义之士都以本来面目示人,无论是名探明智小五郎[2],还是少年侦探团的那些孩子[3],全是不戴面具不化装的。只有怪人二十面相[4]才"来去如疾风",

---

[1] 《月光假面》:1958—1959年播放的电视剧[由KR电视台(现TBS电视台)与宣弘社共同制作],月光假面也是剧中主人公的名字。
[2] 明智小五郎:江户川乱步所著小说中的人物。
[3] 指江户川乱步所著小说《少年侦探团》中的人物。
[4] 怪人二十面相:江户川乱步所著小说《怪人二十面相》中的一个极善化装的盗贼。

让人"不知其为何方人士"。然而以第二次世界大战为分水岭，这个伦理变得颠倒起来——原本象征正义的真颜逐渐变成了显露邪恶的本相，而正义却无处存身，不得不把自己的本来面目隐藏起来。对于这种变得"来去如疾风"的正义之士，我的心中掺杂着期待与失望，渐渐觉得他并非"正义之士"，进而开始怀疑正义其本身，甚至感觉到判断正义与否的尺度也不复存在了。

尽管不能公开宣称，但我心里觉得怪人二十面相与明智小五郎是同一人物，月光假面与拐骗儿童犯也变成了同一人物。正义的自我与邪恶的分身，抑或邪恶的自我与正义的分身在一个人的人格中分裂开来，而为了掩饰这种人格分裂，就需要"化装"。我们的小学修身课老师在战后因为强奸妇女而上了报纸。战后对我们进行灌输的民主主义教育中，不存在什么与邪恶截然对立的正义，即使存在这种正义，也无人能够对其进行判别。既然正义不露真相，正义及其拥戴者便不得不"来去如疾风"了。然而我们依然渴望着正义之士出现，渴望着月光假面显身，热烈欢迎他们的到来。如果像布莱希特那样来描述这种现象的话，恐怕我们可以说："没有正义的时代是不幸的，而需要正义的时代更为不幸。"[1]

不知他姓甚名谁来自何方，

---

[1] 此处指布莱希特所著《伽利略传》中的话："没有英雄的国家是不幸的国家。""不！需要英雄的国家才是不幸的国家。"

可是没有人不知道他。

月光假面叔叔是正义之士，是好人，

可他到底是谁啊？

然而，我们对钻研自己所需要的正义本身，却并不显得那么热切。正义也许是"伪装的邪恶"，此二者也许转眼之间就会由于政治原因而相互颠倒立场。对于这样的现象，我们其实是疏于潜心研究的。

2

在明白"正义"是个政治用语之前，我们不得不付出了漫长的时间和巨大的牺牲。譬如，当我还是个棒球少年的时候，我觉得穿过好球区的投球是正义的，没能通过好球区的坏球是邪恶的，而判定正义邪恶与否的是裁判。裁判是神圣的，而且棒球规则上也写得清清楚楚：只要是裁判判定的事，任何抗议都无用。投手将正义与邪恶分别用于同样的球上，因此，其灵魂也是二者选一般地同时存在于正义与邪恶之中，裁判则是将他投出的每个球分类为正义和邪恶给观众看。然而有一次，一个精通棒球的豆腐店老板对我说过这样的话："你知道金田投的那些好球吗？""你说什么？"我反问道。"巨人队的金田出场时，如果当裁判的是T，那金田投出的好球绝对会多起来,"豆腐店老板说道,"个中原因嘛,得从 T 以前也跟金田一起当棒球投手的时候说起了。那时候,金田已成为日本最有名的投手,而 T 一直只是个穷兮兮的二线球员。所以金田不时把自己的旧西装送给 T,还经常带他去喝酒。可是现在他们之间变成了一个技能下降的选手和裁判之间的关系。T 就是因为想报当年之恩,所以才会把金田投出的一些坏球都判定为好球的。这就是金田在 T 当裁判时要比别人当裁判时投出好球多的缘故。"

我无法确认豆腐店老板的这些话是不是事实,然而却感到,对投出的球是好球还是坏球(是正义还是邪恶)的判定本应该在科学的支配之下,但只要这种科学并不存在,而判定只是听凭于判定者的人格,那么政治自然是介乎其中的。正义与邪恶始终处于相对的关系中,同一个行为之所以忽而被赞为正义、忽而被斥为邪恶,都是缘于其所处的环境与政治的原因。如此一来,正义与邪恶就都成了"为了……的正义""为了……的邪恶",这势必同时暗示我们:月光假面也是"为了……的月光假面"。

3

这回真的出事了,而且情况极为不妙。我开始在心里呼救:"月光假面,你非来不可呀!"正想着呢,飘逸着白围巾的正义之士赶来了。外边传来了摩托车声，我抬头一看，原本想象中的月光假面成了巡逻车上的警察。在潜意识里，月光假面那白围巾和摩托车就是警察的形象。而我们这个时代所谓不容置疑的"正义"，归根结底就等同于法律上的正义、警察的正义。在这种情况下，当我们看到政治上处于弱势的大众要求有"另一个正义""另一个法律"时，这种要求本身，难道不已经反映出了他们只能无条件接受管理与统治的丑陋现实吗？当法律与正义得到维护时，是不需要正义之士的；只有当它们被破坏时，人们才会呼唤法律与正义化身的月光假面。大众不会自己对法律与正义进行验证，而是让月光假面来守护既有的法律与正义。当我们说"月光假面叔叔是正义之士，是好人"的时候，对于那种羞于见人、"不露真颜，来去如疾风"的假面人，是不可能毫不怀疑的。想来，月光假面就像个私人侦探公司的中年探员，他工资不高，酷爱化装。他露出本来面目时手无缚鸡之力，一旦化了装，便活力充沛得判若两人。因为化装能使他从社会压迫下解放出来，发挥出难以想象的力量。

4

然而，化装的人从化完装开始便属于"另一个世界"了。那就是假面的世界，或曰虚构的世界，是存在于我们日常生活之外的世界。我虽然并不否认可以将空想的现实原则用作变革的媒介，但不容忽视的是，他"出手"的动机却总是深植于日常现实之中的。就是说，他的"正义"不是生成于他的空想现实原则之中，从根本上来说，仍是一种既有的正义。"另一个现实"并非起着现实的作用，而仅仅作为一种时尚，起着提供白围巾、假面和摩托车的作用。因此，那些单身过着外餐生活、惯于手淫的侦探公司探员凭借白围巾和假面之威所炫耀的"正义"，并不会变为农家小儿子当上警察后主持的"正义"，它只有作为预备权力去补充警察的疏漏时，才具有月光假面的意义。月光假面的幻象为什么在我心中已经死了？不光是月光假面，就是怪人二十面相在我心中也已经死了。

上了年纪的小林少年[1]说道："怪人二十面相太难逮着了，所以说，我、我们已经老啦。"所有少年侦探团的成员也异口同声唱道："我、我、我们是老人侦探团。"

这首歌其实是我作的。我揶揄少年侦探团的那些人被同性恋者明智小五郎利用，一直在追踪子虚乌有的怪人二十面相（其实是化了装的明智小五郎），结果白白浪费了自己短暂的青春。他们老了之后才终于明白"邪恶不过是正义化装出来的"，一个社会的正义是另一个社会的邪恶。然而此时明白，为时已晚。

1　小林少年：江户川乱步所著小说《少年侦探团》中的人物。

5

这就是说,无论月光假面还是少年侦探团,都是无法在越南战争那样的国际事件中出动的。因为正义与邪恶在那里犬牙交错地纠缠在一起,双方都打着正义的旗号,想要参加进去的人不得不自己"选择正义"。而"月光假面叔叔"和少年侦探团员们一贯只为人们托付与其的"正义"行事,他们还无法具备弄清这种复杂情况的"正义观"。然而,要为正义行事的人必须先构筑出自己的正义——这是我对月光假面的第一个要求。而且,要构筑出自己的正义,就势必得构筑出自己的法律,创造出作为管理单位的"另一个国家"。涅恰耶夫[1]将自己编写的《革命者教义问答》作为一种法律,以正义的名义枪杀自己的同志;联合赤军[2]也以他们的法律与正义对自己的同志进行"人民审判"与"处刑"。由于这些都是未得到公认的法律,所以它们被管辖人们日常生活的另一个法律认定为犯罪。那么,如果月光假面出现过的话,他作为"正义之士"是如何表现的呢?

---

[1] 指谢尔盖·根纳季耶维奇·涅恰耶夫(1847—1882),为现代政治恐怖主义的鼻祖。其编写的《革命者教义问答》被国际学界称为"恐怖主义圣经"。
[2] 联合赤军:日本极左派武装恐怖组织"赤军"内三个主要派别中的一派。

6

弗雷德·罗代尔[1]写道:"法律是诸科学中的蜂鸟。"蜂鸟是会向后飞的鸟,法律也是墨守既有原则与先例,"以革新为恶,以成规为德"的。所以,如果撇开现在那些想要创造自己国家的革命家,正义就是极为保守的东西,就等同于"向后飞"的东西,就成了将革命家变为罪犯的魔术师。我忘了月光假面飘动斗篷飞翔时是在"向前飞"还是"向后飞",但记得自己曾经一直指望月光假面会以那副围巾加假面的"制服"形象出现。之所以如此,是因为当人触及自己的极限时,会因此产生联想,期望有能够冲破极限壁垒的"超能力"出现,希望能够以此为阶梯超越真实的自己。然而,当意识到这种"正义之士"并非对任何人都会给予帮助的时候,人们就开始产生怀疑了。当他们明白所谓"正义"只是带有乐观色彩的政治用语,月光假面不过是现体制雇用的保镖之后,所谓的"是正义之士,是好人",在他们眼中就开始成了警察招募宣传中的广告用语。不过说来挺难为情的是,在我书桌抽屉里,现在还放着忘记扔掉的月光假面的面具。

---

[1] 弗雷德·罗代尔(Fred Rodell, 1907—1980):美国法学教授,著名法学评论家。

腿时代的英雄们

奄奄一息的家庭剧

话题还是从数落棒球开始吧。

棒球是以跑进本垒的次数决定胜负的比赛。

"巨人队善良的柴田[1]何时能够冲进本垒（家里）[2]啊？"

"你看那个规矩文静的长岛[3]，他不是凭借本垒打一下子就跑回本垒（家里）去了吗？"

这些事成了棒球比赛最受人关心的热点。

而且，许多白领在下班之后也是直接从公司跑进本垒[4]，打开电视机，一边喝着冰镇啤酒一边监视棒球运动员们是不是得以顺利跑进本垒了。

"啊——，笨蛋！你干吗不滑进去呢？"白领惋惜地叫道，"滑进去还是来得及的嘛。"

公寓外边，开过了一辆路面电车。

---

[1] 柴田：指著名棒球运动员柴田勋。
[2] 本垒（家里）：此为作者借棒球术语"本垒"（home）指代英语 home 的另一个含义"家庭"。
[3] 长岛：指著名棒球运动员长岛茂雄。
[4] 此处指跑回家。

如果说"边观赏夜场比赛边品味的啤酒"这个广告用语是想表达自得其乐的意思,那么生活本身也是一种自得其乐。

松松垮垮衬裤般的短裤加上一双土里土气的长袜!心中无时不在惦记着跑进本垒。假如这些棒球运动员算是"当代英雄"的话,那岂不等于说冒险与史诗的时代早已结束了吗?望着那些对准本垒拼命奔跑的运动员,我甚至好像听到了妻子们的呼唤声:"当家的,快点儿回来吧……"

"棒球是一项体育"的时代已经结束了。

现如今,棒球成了餐厅里观赏的"家庭剧"。而且,它还成了相对稳定的小市民们的保守思想代言人。然而,我却并不喜欢这种计算跑进本垒次数的生活,不喜欢家庭剧那样的生活。什么家庭剧啊,我最讨厌了。

直播夜场棒球比赛的灰色电视画面上,运动员们在朝着本垒奔跑,但那不过是对于幸福的伪证。那样的比赛与日常生活中的变革没有一丁点关系。

美丽的腿与强劲的腿

接下来介绍一项粗野的运动。

我说的是足球。

据说，全世界的足球人口已有十亿，在我国，足球也热得非同寻常。今年以来单场体育比赛观众数的排行榜上，足球比赛也已越到了棒球比赛的前面。6月22日在国立体育场举行的英国阿尔比恩队与日本选拔队的足球比赛，更是吸引了四万五千名球迷到场观战。球迷们为杉山和小城[1]对英国阿尔比恩队逼抢时的凌厉腿脚送上了热烈喝彩。

"但是，为什么足球会一下子热起来呀？"有些人左思右想不得其解。

"这是奥运会的副产物嘛。"一般人都这么认为。

"听说在开奥运会的时候，其他的比赛都场场客满，只有足球比赛订票的人很少，竟还剩下好几万张票卖不出去呢。最后只好去到处发。

"这样一来，进场的净是些不懂足球看热闹的外行们。他们聚集到体育场里，抱着'管它什么比赛，只要能体验一下奥运会的气氛就行'的心态，却看着看着就来了兴趣。所以后来足球迷一下子多了起来。"

除了这种说法，更有体育记者解释说：

"克拉默[2]到参加奥运会的日本队来当教练以后，日本队的技术得到了迅速提高，所以才会在奥运会上一举击败世界排名第一的阿根廷队，人气也就一下子高涨起来了。"

---

1 杉山和小城：指足球运动员杉山隆一和小城得达。
2 指德国足球教练德特马·克拉默（Dettmar Cramer，1925—2015）。

然而，我却觉得另一个更普通的人——酒馆里的一个女招待的感悟很耐人寻味。

她说："你问我足球有什么好看？那是因为球很大呀。"

说得没错，与棒球的球相比，足球的确大得多。它外圆周长68到71厘米，分量有396到453克重呢。

所以在宽广的绿茵上不论滚到哪里都"看得很清楚"。

棒球的球可以被严严实实地藏在手心里，所以经常会让人看不到它。

有时候播音员大声喊叫："球滚到外场围屏那儿去了！"可是网后面的球迷们根本没看到球。

所以在业余棒球比赛中，才会有人使用"掩球触杀[1]"这种快速变化的计策，甚至在棒球史上也发生过"比赛中球突然消失"（其实是球埋到了投手前面的草丛里）的事情。

与棒球相比，足球的球实在要大上太多，所以观众很清楚场上哪里是比赛激烈进行的区域。"一目了然"肯定是足球人气大增的原因之一。

不过，"球很大"这句话里还有其他的微妙含义。

大颗的球是男性化。

它是性感时代的象征，看上去俨然有种雄赳赳的感觉。

---

[1] 掩球触杀：棒球守场员将球掩于手套中，去接触不知情的离垒的跑垒员使其出局的方法。

而且，只有大大的球，才是制约世界的条件之一。

在电影《纽扣战争》[1]中，一个男孩问：

"谁来当大将？"

话刚出口，另一个男孩傲然回答：

"谁鸡巴大谁当啰。"

简而言之，现代正在走向"腿时代"。

人类历史是发明工具、使用工具并以此催生出各种产业的"手时代"。取而代之的则是"腿时代"。

"手可以做东西，腿做不了。"

换句话说，手具有的是生产性，但腿是消费性的，而且腿似乎远比手更具有享乐性的形象。

腿时代的标志是"膝盖以上十厘米的短裙和足球"。

那里展现着美丽的腿与强劲的腿。

恢复男子汉气概的希望

在手的时代活了大半生的老人们刚见到膝盖以上十厘米的短裙时，吓得差点瘫倒在地上。这大概是因为以前的女人腿很短，他们害怕裙子一旦短到膝盖以上十厘米，就会看见女人身上那至关紧要的部分。

然而，统治"腿时代"的腿是又长又美的，碧姬·芭

1　《纽扣战争》：1962年问世的法国喜剧影片，同年获得让·维果奖。

铎[1]的腿长得足以轻轻松松地一步跨过小市民家里那窄小的屋子。而且，就连街头巷尾的少女们，现在也在借助膝盖以上十厘米的短裙炫耀她们的"财产"，以此来反抗"手文明"。

空前的赛马热一直在不停地讴歌腿时代，柴田和杰克逊的走红也说明"腿脚功夫好的家伙"享受着何种荣耀。

可是别忘了，还有一个荣获这个时代最高荣誉"黄金腿"的人。

这个人是杉山隆一。就因为他腿脚功夫厉害，阿根廷的职业足球队以七千万日元的高价邀他签约入盟。

早在上清水东高中的时候，杉山漂亮的腿脚功夫就已经开始引人注目，进入明治大学以后，他立刻成了明星，现在他在三菱重工队踢球。看着他的腿脚跟着球飞奔而去的情景，不禁使人想起了英雄史诗。

当我看着日本队与英国阿尔比恩队的比赛中杉山快速奔跑在绿茵上时，心里想道：

"啊——，强劲的腿脚是何等英武啊！"

据说，足球起源于1042年。

开始时踢的不是球，而是人的头骨。

当时英国人还处于丹麦的统治之下。在刚开始的时候，他们是把滚落在小巷子里的丹麦士兵头盖骨用脚踢着玩，这就是最早的足球。

---

[1] 碧姬·芭铎（Brigitte Bardot）：法国演员、时装模特，世界著名的性感女星。

就这样，头盖骨踢出去后，第二个人把它踢回来，另外一个人再接着踢。

随后，满怀憎恶的英国人从踢头盖骨竟至创造出了一种游戏，这种游戏不久便普及到了整个英国。

自工业革命时期开始，这种游戏有了自己的规则，尔后作为英国的国技一直发展到了现在。人们称它为"世上最大的体育比赛"，这句话一点儿也不夸张。

现在足球已经拥有十亿球迷。

它的规则极为简单，除了守门员之外，任何人不得用手触球。只需用手以外的任何身体部分把球送进对方球门就行了。犯规的时候，由对方罚任意球（任意球这个说法实在是太妙了！），就是从犯规的地方对准犯规方球门使足力气踢一球。

比赛分为上下半场，每半场时长四十五分钟。

比赛中两支球队的腿脚始终以球为中心进行争抢，观众的眼睛也始终集中在一个地方——视线只要追着球就行了。

而在棒球比赛中出现双偷垒[1]的时候，球迷在一瞬间会犹豫不决，不知该盯着哪个地方看。

在棒球比赛中，会由于投手卖弄自己而迟滞比赛的节奏。当我看到投手摆臂转体做完投球前的准备动作之后，还要摆出一副静止姿势环视全场观众来卖弄自己的

---

1 双偷垒：棒球比赛中两个跑垒员同时偷垒。

样子时,不由得感到,他们与奔跑中的小城和釜本[1]相比,真是一点儿魅力都没有。怎么说好呢?我国棒球运动员迟滞比赛节奏的站姿可实在不少啊。

还得说一句,我之所以喜欢足球,最大的原因是足球实为一项"从憎恶中起步的比赛"。

踢!用脚踢!这种行为让人感到一种喷涌而出的激情。

这是自得其乐的小市民和幸福的家庭剧主人公们已经忘却的感情。

那些安居乐业的白领已经好多年不曾踢过一块小石头了。当他们看着足球场上的斗士们踢着头盖骨大的球冲向对方球门(不是自己家!)时,难道不感到应该找回某些失去的东西吗?

足球能够唤醒现代人对于已忘却感情的回忆。

足球运动员闪亮的鞋尖上寄托着恢复男子汉气概的希望。

阿瑟·米勒[2]的《推销员之死》中的主人公威利·罗曼是个年老体衰的父亲,他抓住自己儿子(一个美式足球运动员)说的一番话令人难忘:

"你必须盯住带球的家伙,永远待在那家伙旁边。这可是你人生的目标啊。"

---

1 指足球运动员釜本邦茂。
2 阿瑟·米勒(Arthur Miller, 1915—2005):美国剧作家。

不相信什么历史

就是想逃到什么地方去!

一个青年乘坐帆船横渡太平洋之后,人们都把他看作"英雄"。

然而,这个青年并不是想当英雄,只不过企图逃脱自己原来的生活而已。所以,他没有像麦哲伦那样"发现"什么,只是写了一本《孤苦伶仃太平洋》的逃亡记录。

1960年那场反对日美安保条约的斗争结束后,遭受失败的年轻人身心疲惫殆尽,呆呆地眼望着远方。在远离闹市的酒馆里,杰瑞·藤尾[1]唱道:

> 我想走在不知其名的街上,
> 我想到远方的什么地方去。

这支歌很像另一首布鲁斯,那是被统治下的黑人对改变自己所处时代感到灰心丧气时唱的歌。黑人在这首布鲁斯中唱道:"要是有七十五美分,就请给我一张七

---
[1] 杰瑞·藤尾:歌手、演员、节目主持人,原名藤尾薰纪。

十五美分的车票吧。"杰瑞·藤尾唱的歌与这首布鲁斯出自同样的感情,两首歌中全都不想要回程车票,只要能有离开的单程车票就行了。歌曲为我们刻画出了20世纪60年代初期那个"逃亡时代"的情景。

1960年冬,或许正是承载着那个广大群众精疲力竭的"逃亡时代"的感情吧,在朝日杯三岁马特别奖金赛中,白胜[1]甩开对手并夺魁;接下来在1961年的德比赛[2]中,白胜再次把对手抛在了后面,没有辜负马迷们对它的期盼。然而,它如此奔跑,又能跑到什么地方去呢?或许只能像黑人们在那首布鲁斯中唱的那样:

> 我全然不知将走向何处,
> 只想远远离开这个地方。

或许人们会深深地感到,就像小说《长跑者的寂寞》[3]中的主人公那样,逃跑已经成了一种传统。

对历史的幻想破灭之后

我深感自己无处可逃,但这只不过是对历史的幻想

---

[1] 白胜:1958年出生的一匹赛马的名字。
[2] 德比赛:日本中央赛马中全部由四岁马参加的马赛。
[3] 《长跑者的寂寞》:英国著名工人作家艾伦·西利托所著的小说,后被改编为电影。

破灭之后在地理上表现出来的一种浪漫主义。对《山那边天高地远》[1]的憧憬,也只是在年少的时候。到了60年代,有落语艺人模仿结巴的腔调把"那边"说成"窟窿",编出了一个让向往"山那边"的人掉进"山窟窿"里出不来的笑话[2]。

然而,到了无处可去的地步,就必须得横下一条心来了。这就是我在中学课本里学到的《山椒鱼》中的思想。老师通过井伏鳟二[3]的这篇小说教导我们说:"人活在这个世上,就会幡然转变态度。山椒鱼从小洞口爬进洞穴里,长大以后已经无法从同一个洞口再爬出来,可是也无法再变回到原来那么小的身体。于是,它只好在洞穴里死了心:'事到如今,我也想开了。'这种幡然转变态度的方式正是值得注意的地方。"

自暴自弃的手枪

然而,态度是如何幡然一变的呢?

在那些参加反对日美安保条约斗争遭遇失败的青年

---

1 《山那边天高地远》:原作者为德国诗人卡尔·赫尔曼·巴斯(1872—1918)。
2 日语中"那边"的发音为"あなた"(anata),"窟窿"的发音为"あな"(ana),将"あなた"(那边)发出两个音节后打个结巴停住,便变成了"あな"(窟窿)的意思。
3 井伏鳟二(1898—1993):著名日本小说家,主要作品有《山椒鱼》《本日休诊》《黑雨》等。

们眼中,无论乔治·奥威尔[1]的《西班牙市民战争》还是托洛斯基的《我的生平》,都显得越来越过时。自暴自弃成为一种常态,到了1962年,少年犯罪更是刷新了纪录。

这个从1960年到1970年的潮流,也反映在一个少年的经历中。当时那个被称为"手枪魔鬼"的少年永山则夫起初心里只想着逃亡,他想要离"家"出走,逃出荒凉的北国,逃脱贫困的生活,逃离日本。然而,问题出在了他偷渡之后的自暴自弃上。

永山由于一直向往美国,想当个现代爵士乐咖啡店的侍者,想到登山营地去干活,他就这么一路在当地追寻,一路用弄到的手枪一次又一次地杀人。然而永山并不知道,他那种地理性的追求不过是一种幻想。

报纸上将永山称为"手枪魔鬼",可是把他抓住后一看,哪里是什么"魔鬼"啊,人们看到的只是个温顺的少年。公寓里的邻居对他的评价也不坏,说他"给人印象最深的,是经常在楼梯上弯着腰擦皮鞋"。

他擦皮鞋干什么?这话其实用不着问,因为对于逃跑的人、出门在外的人来说,只有干净的皮鞋才是他唯一的朋友。

我在1960年写过这样的诗:

> 一棵树也有流淌着的血,

---

[1] 乔治·奥威尔(George Orwell, 1903—1950):英国左翼作家,原名埃里克·阿瑟·布莱尔。

树干的里面,

血站着睡着了。

然而,总有一天,睡着的血势必也会醒来,然后它会探寻树的历史。假如一切历史令它感到幻灭,那么树唯一的选择是变为将自己砍倒的斧柄。

银幕上的杀人文化

1965年夏,一个少年守在一家枪店里用步枪对外滥射,报纸上的大幅报道将他称为"步枪狂人",谴责他"不是野兽就是疯子",质问"怎么能允许这样的人存在"。然而,我觉得不能简单地责难这个叫片桐操的少年。因为假如电影银幕上发生了同样的事,片桐肯定会产生与史蒂夫·麦奎因[1]同样的共鸣。没什么大惊小怪的,片桐不就是背后少了一块电影银幕吗?"你数过没有?"我问酒馆柜台里的调酒师,"高仓健到现在一共杀了多少人?若山富三郎犯了几次法?小林旭用步枪滥射过多少回了?"[2]

想想吧,一天的电视里有多少人被杀呀?而我们呢,

---
[1] 史蒂夫·麦奎因(Steven McQueen, 1930—1980):美国著名电影演员。代表作品《巴比龙》。
[2] 高仓健(1931—2014)、若山富三郎(1929—1992)、小林旭均为日本电影演员。

对这些已经习以为常了。

"可是，电影电视里的故事跟现实是不一样的呀。"调酒师说。

"没什么不一样，"我说，"电影电视里的虽然不是事实，却是真实。人们把事实和真实都混同在一起了，所以只要高仓健杀人，那么片桐操也会杀人。就算那块叫作银幕的布是条国境线，这条线一抬腿也能越过去。"问题不在于实际死了多少人，而在于杀戮已经变成了一种文化。如果将这一点与越南战争联系起来考虑的话，大概就能明白了。

我对他说："那个警察是中了片桐操的步枪子弹死的，与其说他是被杀，我看还是把他作为事故死亡比较妥当。因为那不过是某个夏日里发生的'事故'嘛。

"然而，把杀人是一种快乐教给片桐操的到底是谁？只要把杀戮变成文化的行为不被追究罪责，就算判决片桐操有罪，也还是没有触及这起事件的本质。"

一个喜欢步枪的少年总是到枪店去看他梦寐以求的步枪，但从他突然在店里"幡然转变态度"的时候开始，他人生中的虚构与现实就发生了错位。"怎么样？挺酷的吧？"片桐操一边对扣作人质的女店员调侃一边朝着警队连续开枪，俨然他已经有了"自己的银幕"。这种行为不仅是对自己通常行为的反叛，也是一场"孤独的东京战争"。要称其为革命，却又显得过于幼稚了。

然而，这里必须注意的一点，就是他和永山同样都是遭受了"地理性挫折"的年轻人。他一直梦想能乘上跑国际航线的大轮船，对描写海外旅行和越南战争的书籍很有兴趣，据传他曾对好朋友说过："我真想跟你两个人一起逃出日本到巴西去。"

我不清楚片桐操为什么会挑选巴西，不过有人说他确实讲过"在巴西可以痛痛快快地打枪"。然而，因为鸟在东京无处可飞，自然也就无处打鸟了，这对于执着于枪支的少年来说是何等悲哀，对此我很能理解。

那种简单把他断定为"凶残少年""精神异常"的处理，无异于抓错了这起事件的真凶。

有个少年到郊外去对空打枪，警察嘲笑他说："你大概还不懂怎么摆弄枪吧？"这话伤害了少年的自尊心，以致他不假思索地放了一枪。他为这一枪付出的代价是被判死刑。如果将他的罪行作为一种时代感情的反映来考虑，这个判决则让人觉得似乎过重了。至少对于他来说，判处的死刑没有考虑到这个因素。

"啊——，做了个噩梦！"片桐操早晨醒来时心里大概是这样想的，"好，该去干活了。"然后他会揉着眼睛站起身来，或许当看清眼前是拘留所冰冷的混凝土地面时，他才意识到那一天已经完全改变了自己的人生。

原本憧憬着"山那边"，却掉进了"山窟窿"。这种地理派少年的挫折与悲惨遭遇一直在我心中挥之不去，就像我自己的遭遇一样。

把家像衬裤一样扔掉

我回想起自己的大学时代。1960年,我早已辍学的大学里还留有我当年的学籍。想必我们当年的教室里,现在也还留着用预测赛马结果的红铅笔写下的马雅可夫斯基[1]的诗句:

> 站住!
> 人人都是一张
> 仿佛背负着重物的脸。
> 在这同一条路上,
> 就在刚才,
> 时间母亲给我们产出了
> 庞大、歪嘴的反叛!

——我曾经对革命有兴趣,但对革命后的社会没有兴趣。虽然我知道政治的解放说到底不过是"部分的解放",但每逢学生们闹事的时候,我都想看到许多年轻人从地理派转变为历史派。在1960年到1970年那个更大的新阶段,诞生了新型的年轻人。他们已经不认为"离

---

[1] 弗拉基米尔·弗拉基米罗维奇·马雅可夫斯基(1893—1930):20世纪初期苏联未来派诗人的代表,主要作品有《革命赞歌》《与列宁同志的对话》等。

家出走"是一种逃避行为了。

岛崎藤村[1]曾经想要战胜"家",但最终没能如愿。而这一代年轻人却干脆利落地将"家"抛弃了,就像是扔掉一条旧衬裤似的。从父亲们的权威角度看来,这是不可宽恕的造反。

然而年轻人却创造出"家庭帝国主义""爸爸·斯大林主义"之类新词汇来予以回击,他们把从家族血亲之中解放出来视为确立自己社会生活的条件。

这些年轻人开始反抗一切权威,想要尝试挑战各种可能性。只要有一把吉他,他们就能从就职、奋斗、升迁的流水线上逃避出来。"不受任何人指挥"成了他们的生活目标,没有剧本的即兴戏剧、没有乐谱的音乐、没有画布的绘画——如此逐渐地将自己从形式中解放出来。

只看连环漫画的年轻人不断增多,恐怕也与此不无关系。按照年轻人的逻辑,通过没有文字的书——连环漫画,可以学习唯物史观。从摆脱形式的观点来看,或许他们这种逻辑也并非完全没有道理。

当然,要说他们这样是不是聪明地找到了一种方法,我认为绝对不是。大概反倒可以说,这些年轻人在这十年里一而再、再而三地遭受了各种苦难。他们想要在街头演戏时,受到了各种法律的管束;就是想通宵跳跳摇摆舞,一过晚上十一点也被完全禁止。所以他们才会唱道:

---

[1] 岛崎藤村(1872—1943):浪漫派诗人、小说家,原名岛崎春树,主要作品有《若菜集》《破戒》等。

我们已经死了,

我们已经死了……

虽然这么唱着,但只要找到一点点空子,他们也会钻进"民谣"团体,或是参加已经注册过商标的反代代木派全学联旗下的组织。他们只能如此寻找"表现"自己的方法。

无家孩子们呼吁的革命

如果要问留长发的年轻人为什么不去理发店,理由很简单,因为长头发是他们身上唯一的自然。

如果你冲着天上的鸟问:"为什么你们不记住乐谱?"所有人都会笑话你。同样,那些决心反抗现在的"杀人文明"的年轻人会想让自己更接近自然,以此作为对文明的抗议。

他们不想认同既有的社会,而对自己创造的社会越来越充满幻想。简单地说,这是一场"无家孩子们的革命",是在创造自治团体。欧洲的年轻人已经离开家庭,开始过起年轻人自己的集体杂居生活。这已经是各个地方随处可见的现象。

大麻、迷幻药之类的毒品也似乎成为他们为了革命而使用的工具。我在阿姆斯特丹邂逅的一个叫野部的日本人嬉皮士说："很长一段时间，我都在理性地干着坏事。唉，我既干过好事也干过坏事，每次都是按照自己理性判断发出的指令行动。所以，有时候就会想让自己从理性中解放出来，想让自己变得自由。遗憾的是，为了做到这一点，就不得不使用毒品……大概过些时候，我不用毒品也能做到这一点了吧。

"到那时候，我们集体幻想的'家'呀'社会'呀，或许就能够构思出来了。"

野部并未将自己禁锢于一夫一妻制的传统习俗中，这一点我很清楚，但这是他作为一个外国人获得的带有地理因素的自由，对这一点我并不欣赏。我对他说："咳，要是你回到东京也同样过这样的生活，大概咱们就能更亲近了。"

裸体也是一种造反

以政治解放为目的的造反学生们打垮了一个又一个"大学的权威"。毕业典礼的讲台上，造反的高中生在愤怒声讨自己一直接受的虚假的学校教育；女高中生也自己做出了革命的武器。包括这一切在内，历史正在逐渐拆除自己与虚构的界线，不知不觉之中，主角（原来是父亲，现在是儿子）与配角（原来是儿子，现在是父亲）

的立场开始发生了逆转。

每期周刊杂志的彩色页面上都印着几个女大学生或十几岁女孩的全裸照片,这也是对传统道德的造反。男妓也渐渐兴旺起来了。

我的"天井栈敷"[1]每月有一次考生面试,来面试的人中总会夹杂着三四个"女装打扮"或有明显同性恋特征的男子。

"镜子……镜子……镜子!这个世界上最漂亮的人是谁?"浸泡在浴缸里的全裸男妓问道。

镜子回答说:"是玛丽小姐呀,我是说你呀。"

玛丽听了好像很高兴。

"真的?白雪公主还没有生出来吧?"

说着,一条腿突然从浴缸里伸了出来,只见那腿上黑毛浓密,分明是一条丢人的男人的腿。

怎么又长出来了?真是的!看来脱毛剂这玩意儿也靠不住啊。

——《长毛的玛丽》[2]

没过多久,对一切既有概念的造反终于发展到了对

---

1 "天井栈敷":寺山修司主持的先锋派剧团。曾经在20世纪60年代末至70年代初参与掀起了日本的小剧场热潮。
2 《长毛的玛丽》:寺山修司编导的舞台剧。

"国家"概念的怀疑。对于那些无政府主义者们的话题，曾经只能躲在旧书店最里面窃窃私议，如今已能在早餐桌旁一边听着莫扎特的音乐一边畅所欲言了。经过1960年至1970年的漫长准备，人们终于开始琢磨"自己真心想要的东西是什么"。20世纪70年代，或许会在地理的历史上将虚构包容到现实之中，从而使价值观得到重新塑造吧。

经历过十七岁少年山口二矢[1]、小森一孝[2]的历史主义（政治恐怖袭击）后，片桐操和永山则夫的地理主义挫折（步枪、手枪犯罪）又将如何改变20世纪70年代少年犯罪的形式？我很关心这一过程。

之所以如此关心，是因为它让人感到，这个时代的少年犯罪正是这个时代国家犯罪的反映。

明天还会说"再见"

一直纠结着如何对"告别语的概括"再进行概括，不知不觉之中，我的20世纪60年代就要结束了。我琢磨的是如何通过概括性的告别，像即兴爵士乐那样把握住自由的时代。正像已经鸣锣开场的戏在剧作者死前不

---

[1] 山口二矢（1943—1960）：右翼分子，1960年10月12日刺杀日本社会党委员长浅沼稻次郎的凶手。
[2] 小林一孝：右翼分子，1961年2月1日图谋刺杀中央公论社社长岛中鹏二未遂后又刺伤妻子和一个女佣的凶手。

会落下帷幕一样,看来我还得一次又一次地继续"再见"下去。我并不认为人生就只有告别,也不想只对告别进行告别——这难道不是永远革命的法则吗?

那首老歌《绿色的山脉》[1]中不是这样唱的吗:

旧衣裳啊,
再见啦!

我觉得到了如今的时代,这首歌里的"旧衣裳"可以换成任何一个其他的词——穿着旧衣裳的知识分子、没有指望的日本、派阀主义、传统、越南战争、大学、行将逝去的对我们毫无助益的废话、看起来不会发生的革命、佐良直美[2]的《只要幸福就好嘛》[3]、1969年的大选!

---

1 《绿色的山脉》:电影《绿色的山脉》(1949)的主题歌,西条八十作词,服部良一作曲。
2 佐良直美:日本歌手、演员,原名山口纳堡子。
3 《只要幸福就好嘛》:佐良直美在第11届日本唱片大奖赛(1969)借以获得大奖的歌曲,岩谷时子作词,今泉隆雄作曲。

第二章
小巷绅士录

小巷绅士录 1 扒金窟
游荡的大拇指

无精打采的工薪族正在扒金窟店里享受着三十分钟的神经放松。他们如何看待这些"游荡的大拇指"呢?或许他们觉得这不过是些以赌运气为生的人,这些人规规矩矩地把赌注押在那小小机器的偶然上,反正就像水前寺清子歌中唱的那样:玩下去还是输的话就歇手嘛。

游荡的大拇指,

说的是那些凭着一根大拇指到处游荡的人。

这样的人我认识几个。

他们一早来到兼卖早点的杂货店里,一边看着体育报,一边把时间消磨在一杯苦口的咖啡上。上午十点,街上的扒金窟店门一开,他们便朝着各自要去的店散开了。

李源国也是这些人中的一个。

他戴着旧货店买来的帽子,在轻轨车站公共厕所的脸盆那儿漱洗修面之后,看上去倒也整洁精神。他目光炯炯,手上总是转动着两个核桃。

"你干吗老这么转核桃啊?"

听我这么一问,他笑着答道:"训练手指嘛。棒球运动员必须训练全身,我只要训练手指就行了。"

李源国进到扒金窟店里,并不马上去买弹子,因为他说这时就是买了弹子,也没有"好机器",买来弹子是没地方用的。

所以,一进店门得先观察机器。要是找到了看上去觉得"能赢"的机器,这时候才去买弹子开始打。他只花一百日元买弹子,我不理解他干吗为了一百日元的输赢对选择机器如此较真,可他说那是因为得"靠这个生活"。

翻开《明治赌博史》这本书,上边介绍了一则登载在1892年《邮便报知新闻》[1]上的广告:

奖励赌博演说会

为了唤醒沉睡社会,扩大财务融通,增加社会活力,促进景气回升,并为了全面认识刑法上设置限赌条文的不合理性,大力开展赌博,振兴彩票事业,将向第四次议会提出废止限赌条文的请愿。为此,特决定于11月10日正午在东京神田锦辉馆召开大会。

---

1 《邮便报知新闻》:创刊于1872年7月15日,1894年12月26日更名为《报知新闻》。

登载这则广告的人叫宫地茂平,据说他是个怪人,在民权运动兴盛时期,还向政府提出过脱离日本管理申请书。

这则广告中引起我注意的,是把赌博的目的说成是"唤醒沉睡社会"。

跟李源国的交谈,也使我明白了扒金窟赌博并不是单纯的游戏。他正是为了"唤醒"自己才选择这条路的。

李源国打起扒金窟来,说得直白些,就是必须要"瞄准头部打"。所以他在观察机器时首先检查的,就是弹子盘最上边钉子之间的开口大小。

"头部钉子开口太小,像关闭着一样,是赢不到钱的。"他说。

如果头部的钉子开口够大,接下来就要检查左侧盘面了。因为朝台面右半边落下去的弹子叫作死弹,不用对它有任何指望。

"要是偏到右边去,就什么都完了。"

这话听上去倒很符合李源国的北朝鲜出身,可是现在对他来说,不管左还是右的思想都已经没有意义了。

"唉,说起来,我已经'失去祖国'啦!"说着,他笑了,"不管在哪里生活,我们心里都不踏实。就这么无所事事东游西逛的,转眼我都四十二了。"

望着李源国那根比别的指头粗得多的大拇指,我不由得拍了拍他的肩膀:

"得了,不说那些了。去干一杯吧!"

我突然感到想跟他一起喝酒了。

"如果机器里的弹簧太软,钉子间的开口再大也没用。

"那时候就得把火柴梗夹在玻璃板上,然后用橡皮筋去拽。

"就这样拽橡皮筋来调节弹簧。"

对我解释这种技术的,是另一个绰号"小兵"的游荡的大拇指。"小兵"原来是个伤兵,他说"找到扒金窟这门手艺活之后,现在已经自力更生了"。他还兼做"调钉师[1]"的工作,看上去像是这个行当里的头面人物。

扒金窟店关门的时候会把他叫来,由他把弹子盘面上的钉子微微弄弯,以缩窄弹子的通道。弹子经常入洞的弹子盘上,只有一条弹子容易进入的通道,只要给那条通道制造点障碍,弹子就基本上进不了洞。

调节完钉子之后,他从这家扒金窟店收来"修理费",再以此为资本,接着到另一家扒金窟店去赚钱。

他告诉我,打得顺手的时候,"花一百日元买来的弹子能赚七八千颗弹子,迄今为止最高的纪录是赚了一万四千颗"。

他们的敌人是"炸弹"。

所谓"炸弹",指的是被绳子拴住吊在弹子盘后面用来改变倾斜度的石块。弹子盘要是被"炸弹"吊得向后翘,那即使弹子盘上钉子之间开口再大,弹子也是不会

---

[1] 调钉师:调节扒金窟弹子盘钉子的专职工匠。

入洞的。

李源国告诉我:"而且,最近'炸弹'也变得更先进了,他们已经开始用电开关来调节弹子盘的倾斜度,所以我们的指头比以前用起来更难了。"

> 我已经不、不、不再留恋逃走的老婆,
> 只是这个想吃奶的孩子着实让人爱怜。

扬声器里正在播放一节太郎[1]牢骚连连的歌曲唱片。那些对自己的老实勤恳感到怨气的工薪族们微微撇着双腿,耷拉着右肩,在这半个来钟头里哐啷、哐啷地消磨着时间。

弹子进入头部的通道被比喻为升迁。可他们瞄准那里打出的弹子却绕到意想不到的地方向下坠去。

这种坠落的快感在人生中是绝对得不到的。一个工薪族如此讲述他的感受:

"一进扒金窟店我就会松下一口气来,感到自己被解放了。专心致志打得入神时,会有一种自己已经变得不是自己的快感。有时会忽然发现自己妻子也带着菜篮坐在旁边的弹子盘前,她也在出神地玩着扒金窟。"

对于各位工薪族来说,虽然那花一百日元打五十次的命中概率仅有"历史性的神圣的一次",然而更重要的在于这是一种极为安全的娱乐。从这个意义上来说,大

---
[1] 一节太郎:日本歌手,原名曾我英明。

概扒金窟不是在"唤醒"小市民,而是在诱导他们"沉睡"。然而,因为对手不是人而是机器,所以这种娱乐带有独白性、自慰性,甚至反社会性。

心情好的客人是不到扒金窟店来的。

那些昨天彩票中了奖的人、内定得到提拔的人、刚开始恋爱的人是不会来的。到扒金窟店来的客人,似乎大多是略显疲态情绪不高的工薪族。

"这可以说是一种类似于信仰的东西。"小巷里一家扒金窟的店主加治君是这样认为的。

"有人说扒金窟不好玩,弹子太小了,"有一次我说道,"弹子太小了就缺乏男子气。他们从那么小的弹子上无法获得满足。"

李源国一听笑了:"可是,我们打起弹子来可是连发的呀,一次总是七八发连着打到弹子盘里去,这种打法太有男子气啦。"

外边开始下雨了。

雨天是游荡的大拇指们赚钱的日子,不知为何有着"雨天的弹子容易进洞"的说法。有一种观点认为,这或许是因为胶合板抗水性差,湿气会使机器变得迟缓,钉子的反弹力也会减弱的缘故,但我不清楚这种说法是否正确。

对于偷弹子或捡弹子的人来说,这种球容易进洞的时候也是个赚钱的好日子。

有些贫穷的父亲会让孩子去捡弹子,再集中捡来的弹子去换一包"新生"牌香烟[1]。这种父亲也可以说是扒金窟产业派生出的一个新弱势人种吧。

有些人预先带来稍大的弹子,把它们打到弹子盘上的命钉[2]两旁,这些大弹子夹在命钉两旁的钉子之间,像葡萄一样摞成两堵墙,随后打进去的弹子就会不停地自动沿着通道滚进洞里去了。此外,有人专事出租作弊用的磁铁;有人用租来的磁铁将弹子朝洞的方向吸过去;有人将赛璐珞塞进盘缝里使弹子落下来……扒金窟的作弊可以说五花八门。

但是,有时候也会一个弹子都没进洞,身上的钱就都被吸光了。

李源国曾经问我:"听说你会写诗?"

我笑着答道:"我只记得一首诗,诗里是这么说的:坟场是最实惠的寄宿屋。这是一首黑人写的诗噢。"

"照我想来,扒金窟店算得上是第三实惠的寄宿屋吧?"

---

1 "新生"牌香烟:一种不带过滤嘴的廉价香烟。
2 命钉:扒金窟弹子盘面上起控制进洞通道作用的最重要的钉子。

小巷绅士录 2 土耳其浴室
新宿的劳伦斯

单间有许多种。坟场里有单间，独身公寓也是单间。

而说到用来与素不相识的生客两人共处一室的单间，则只有土耳其浴室了。

蒸汽弥漫的土耳其浴室单间。

造访那里的男人和等着他的陌生女人，或许会令人联想到这个漠视人性的大城市中唯一的亚当与夏娃的邂逅吧。

说起劳伦斯[1]，并非只有"阿拉伯的劳伦斯"。闹市区里都有土耳其浴室，所以说，"池袋的劳伦斯"和"涩谷的劳伦斯"想必也都是有的。

这些劳伦斯们装束各异，前往讨伐土耳其浴室时，会在入口前停下脚步四下窥视，待确定四周没人之后，才会一下子攻进里面去。

---

1 指英国考古学家、军人托马斯·爱德华·劳伦斯（Thomas Edward Lawrence, 1888—1935），一战中曾领导抗击奥斯曼土耳其帝国的游击战，致力于阿拉伯的独立，故而有"阿拉伯的劳伦斯"之称。其性取向上有性受虐狂和同性恋的倾向。

我虽然还谈不上是"新宿的劳伦斯",但也有几个"土耳其女郎"的朋友。

关在新宿歌舞伎町旅馆里写叙事诗的那些日子,每次早晨去兼卖早点的杂货店喝咖啡的时候,她们必定会在那里等着我。

由于是同乡的关系,她们会请我代笔给乡下写信,于是我就代替她们写起了近况报告。

这些信有给母亲的,也有给男朋友的。

我将她们说的话概括后写完递过去时,她们则多半会脸露不满地要求:

"你再多写点儿什么吧!"

"你们说的话我都写了啊。"

我环视了一遍她们,答道。这些姑娘体形匀称,以至我真想推荐她们去应征模仿春川真澄[1]的电视节目。

"可你是诗人嘛,就不能在信结尾的地方加上一些富有诗意的文字?"她们并不罢休。

"请求对方借钱给你的信是没法写成诗意文字的吧?"我讪笑着调侃道。

"写什么都行啊,把有名的诗句拿来也可以嘛。只要最后写上诗句,信看上去不就像样多了吗?"

这一来,就连她们借钱的信和问候病人的信里都加上了风马牛不相干的诗句:

---

[1] 春川真澄:日本演员,原名泷川真千惠。

月遇丛云花遇风，

唯有告别是人生。

打开门一进去，温柔的"土耳其女郎"就会像新婚妻子一样为你脱下西装，挂到衣架上。

"外边已经冷起来了吧？"

我没有回答，只是点了点头。屋外确实已在刮着初冬的凉风了。

"这个店您是第一次来？"这肯定是她们问你的第一件事。

接下来她们会问："去洗桑拿浴吧？"听那问话的口气，大概到土耳其浴室来的人中，有很多是不洗桑拿浴的。

展现着母亲般丰满肉体美的"土耳其女郎"将我关进一个木箱子，只让我把头伸出来，就像魔术团表演"会说话的头"似的。然后她拿来一份体育报，为我在眼前展开。我的头一看报纸，哑哑嘴嘟哝了一声：

"他妈的，又是巨人队赢了！"

额头上开始流出汗来。

忽然，"土耳其女郎"注意到了我的口音，问道：

"您好像是东北来的吧？"

汗水和蒸汽搞得我很难受，我苦着脸答道：

"是啊，是东北来的，我是青森人。"

一听这话，"土耳其女郎"兴奋起来：

"太巧啦！我也是青森人哪。"

说着，她拿起毛巾给我擦了擦汗，一下子便无拘无束地操起了青森方言。在这间与大城市的喧嚣隔绝的小密室中，我们用青森话交谈着，她话语间让人深深感受到一股"去你妈的东京！"的情绪。这与其说她是想发泄"对东京的反感"，倒更让人感到她由于身处正在丧失真正对话的大城市现代生活之中，想通过拼命说方言来获得自我认同。

突然间，桑拿浴箱子上边爬来了一只蟑螂！

蟑螂朝着我无法移动的脖子徐徐靠近，怎么办哪？

"救命啊！"我喊了起来。

我的大声惊叫和"土耳其女郎"的尖声欢笑交织在瀑布般喷涌的蒸汽中。这里只有一丝不挂的我和穿着游泳衣的"土耳其女郎"，却没有巴尔扎克《风流滑稽谈》中的高雅味。

那是最为朴实的感觉——和两坪[1]大小铺着瓷砖的小园子的感觉一样。

男人中的黑道，女人中的"土耳其女郎"，都是PTA[2]妈妈们"最憎恶的眼中钉"。

黑道和"土耳其女郎"似乎一直被置于道德风化的风口上。然而，黑道（也包括江湖摊贩、江湖艺人、小手艺人这些有职业的人）和"土耳其女郎"之间是有很

---

[1] 坪：日本的面积单位，1坪约为3.3平方米。
[2] PTA：以学校为单位组成的家长教师委员会。

大差别的。

这种区别在于,黑道的人总是属于某个集团,而那些"土耳其女郎"却始终是单枪匹马的。在岩井弘融[1]的《首领党徒集团研究》这篇论文有关黑道的一章中,引述了一名党羽为何加入黑道的自白:

"我原来就品行不端,老是跟人打斗,晚上走路也提心吊胆。后来听人说要是入了赌博或是别的什么组织,万一有事的时候能找人为我报仇,就是死了也会有人给我收尸,所以我就入了道。"

黑道确实无法单打独斗,他们始终是听命于组织的人。而那些"土耳其女郎"则一直在孤军奋战。

她们是拿着橄榄油小瓶四处漂泊的按摩师,一群始终"不被保护"的女人。

去过几次土耳其浴室的男人,想必都听"土耳其女郎"讲过自己"女人的一生"。

有的人会轻蔑地啐道:"呸!又是女人的一生!"然后扫兴地扬长而去;也有人会同情地承诺给予帮助,却一去不返,再也没有音讯。

尽管如此,她们还是像西田佐知子唱的那样——"反正你会骗我,那就把我一直骗到死吧",一直等着会再来的"能谈谈的客人"。在她们搁毛巾香皂的洗脸盆里,经常放着《讨人喜欢的方法》之类书籍。跟客人有点儿熟

---
[1] 岩井弘融(1919—2013):日本社会学家。

了之后，她们之中也有不少人会给客人看看自己的存折，或是插在交通月票夹里的母亲照片。

她们心里把到自己单间来的男人想作字面本义上的"客人"，所以当这些"土耳其女郎"聚在一起时，会相互夸夸自己的客人，还会信以为真地把客人兴头上说的玩笑话讲给别人听。

"你喜欢什么样的客人？"

听到这样的问题时，她们会告诉你："第一，是跟我谈得来的人；第二，是给我许多钱的人。"这个回答，或许确确实实反映出她们的"心是孤独的猎手"的现况。

新宿的劳伦斯们聚到了一起。

"最近的'土耳其女郎'大不如前了，"一个人说，"一边按摩一边扭着头，嘴里还哼着佐武丰[1]的什么小调……"

另一个一听，也颇为不满地说："哼哼歌还算是好的呢，我碰到的那个更过分。她只顾打开电视机自己看连续剧，光是手在动弹，根本没一点儿气氛。"

然而，我对土耳其浴室的看法倒跟他们不一样。在这种扩散型的大城市生活中，能够一对一地同处于"只有两个人的屋子"里，这难道不是更富人性的时刻吗？

珍惜这种互不相识的全裸男人和半裸女人有缘邂逅的新鲜感，难道不是有助于人们恢复相互交流的路径吗？

把这种挑选出来的邂逅与"创世"联系在一起尽管过于夸大，但至少新宿歌舞伎町亚当与夏娃之类的传奇

---

[1] 佐武丰（1935—2003）：日本歌手。

还是能够存在的。我倒是愿意幻想工薪族不把土耳其浴室当成自己"排泄"的地方,夫人们不再攻击"土耳其女郎"伤风败俗,而是把"土耳其女郎"们当作人来对待,把土耳其浴室看作伊甸园。

这才是对那些或许很不幸的"土耳其女郎"的最好的同情。

小巷绅士录 3 女招待
日本梦

要是想听《军舰进行曲》[1]，可以到夜总会去。那里总是大声播放着"美好往昔"的日本梦。

热血沸腾的日本梦。《军舰进行曲》不知怎么也成了老套日本人的日本梦，听着它，感觉就像在喝一杯掺着眼泪的廉价威士忌。

对于现代人来说，日本梦到底是什么呀？

在我的少年时代，母亲一直在做酒水生意。因为父亲死后，她一个女人为了养活我，没有别的路可走。

母亲在九州煤炭矿区的镇上工作，每个月会给我寄一次生活费和一封长信。

我已经上了中学，对于不在一起的母亲抱着爱恨交织的复杂感情，所以一次也没有要求她给我买过什么东西。

母亲信上说："不管有什么想要的东西，都写信告诉我。"但这些信我连信封都不拆就扔进了书桌的抽屉里。但是有一次，我想要个口琴了，这才把要求写在明信片

---

[1] 《军舰进行曲》：成曲于1897年，鸟山启作词，濑户口藤吉作曲。

上寄了出去。

刚刚进入新学期，新书包也是需要的。

明信片寄出后没过多久，母亲就把书包和口琴寄来了。她在信上写道：

"我先买了书包，然后又买了口琴。

"把口琴放进空书包一摇，就响起了嘎哒嘎哒的声音。听着这声音，我心里不知怎么颤动了起来。"

我想象着夕照下的煤炭矿区小镇——老旧暗淡的霓虹灯，小小的酒馆，自轻自贱的醉客哼着《炭矿小调》，我那化着不合年龄的浓妆穿行其间的母亲……记得我望着她寄来的口琴，不知怎么眼中含满了泪水。

可是我根本没去吹那个口琴。那个便宜的口琴被我忘记在书桌抽屉里，没过一年就生满了锈。

过了一段时间，木下惠介[1]导演的《日本的悲剧》[2]公映了。影片中做酒水生意的母亲一直在为孩子寄生活费，可孩子对母亲却怎么也亲近不起来。不仅如此，心也离母亲越来越远。孩子虽然明白母亲为了生活才不得不去当女招待，但仍不停地责备她。后来母亲（出于被孩子抛弃的不安）终于卧轨自杀了。这部影片摆出了追究战争责任的姿态：是战争夺走了作为一家顶梁柱的父亲的

---

1 木下惠介（1912—1998）：日本著名电影导演、编剧，原名木下正吉。代表作品《楢山节考》《卡门归乡》《永远的人》。
2 《日本的悲剧》：松竹影片公司1953年出品的电影。

生命，以致"苦难的生活逼得母亲去做酒水买卖"。影片获得了很高的评价，被表彰为当年的优秀作品。

然而，我无法认为《日本的悲剧》是反战影片，反而觉得这出情节剧更像在描写有悖史实的母子亲情。

当母亲和孩子将同一个不幸作为维系家庭这个共同体的纽带时，母亲独自晚上到娱乐区去打工，孩子则被留在家里。

在留守家中的孩子眼里，母亲的"工作"渐渐变成了不守贞操的行为。虽然母亲已经有了参与其中的社会，孩子却尚未获得参与其中的机会，因此焦躁起来。而这个裂缝却不是那么容易填平的。

《日本的悲剧》的悲剧性，开始于根本无法实现的梦想破灭之时。这种根本无法实现的梦想，就是我母亲经常挂在嘴上的"一家人团团圆圆的幸福"。当家里死了父亲这个顶梁柱，孩子长大又要离家去寻找那个"叫作恋人的陌生人"时，母亲自己向往的"一家人团团圆圆的幸福"又是什么呢？

扩音器里播放着一首女招待们唱的老流行歌曲，留声机唰唰的唱针声犹如地狱口刮来的阴风一般伴随其间。那歌中唱道：

> 我是尘世上的迁徙候鸟，
> 每天风吹雨打泪水涟涟；

> 不能哭啊，我不能哭啊，
>
> 哭了就无法再自由飞翔。

安居在一个地方虽然是母亲们的梦想，她们却不知为什么依然要"自由飞翔"。我觉得这个问题上的二律背反，才是日本的悲剧的起因。

"没有钱也不要紧，"我上中学的时候曾经说过，"你可以去当学校的勤务工或炊事员，即使再穷，一起过日子总是好的吧？"

母亲一听笑了："不是有句话叫'人间万事钱为首'吗？我必须得攒钱，好让你踏踏实实地升学啊。"

如果说这种储蓄的思想是那代母亲们的梦想（就是日本梦），那么当孩子们想要脱离未来志向型的母亲和家庭去自力更生时，他们这种现在志向型的思想也是一种日本梦。所以看来我得对望月优子[1]女士说：您在《日本的悲剧》中不是因为被自己的孩子抛弃，而是因为掉进了两种不一样的日本梦之间的裂缝而死的。

我国的现状，就好像处于复兴期的马克·吐温通过其小说主人公所诠释的那样。

马克·吐温塑造了母亲们所期望的汤姆·索亚[2]型人

---

[1] 望月优子（1917—1977）：日本电影演员，原名铃木美枝子。她在电影《日本的悲剧》中扮演女主角井上春子。
[2] 汤姆·索亚：马克·吐温小说《汤姆·索亚历险记》中的主要人物。

格，同时期望汤姆·索亚长大后能创造小市民式的家庭，并对孩子们梦想的哈克贝利·费恩[1]型人格充满憧憬。

现代的、我们周围的汤姆·索亚型的和平看来似乎已经基本完成。那和平主要是梦想电冰箱，还有以电视机为中心的家庭剧，以及洗衣机和周刊杂志。而且这种和平还很明显地反映在那种"清茶与同情足矣"的现代交际法则中。

这就是说，战争刚结束时母亲们的艰苦奋斗已经获得了一定的成果。

然而，这种母亲型的日本梦里有个很大的漏洞。这是个说不清道不明的寂寞的漏洞，不知该如何来填补。

当丈夫们躺在小区公寓里的被窝中听着妻子的鼻息时，会忽然想道：

"我心里的哈克贝利·费恩到哪里去了？我少年时代梦见的那种放浪冒险的欲望到哪里去了？"

夜总会、酒吧是家庭剧中的反派角色。那里是无法实现的另一个日本梦的小憩场所。不喝酒就不得"自由"的西装革履的哈克贝利·费恩们按响那里的门铃，是为了寻找自己失去的某些东西。

夜总会、酒吧里充满了音乐。财务科的哈克贝利·费恩正把手伸进女招待的裙子；上了年纪的哈克贝利·费

---

[1] 哈克贝利·费恩：马克·吐温小说《哈克贝利·费恩历险记》中的主要人物。

恩刚喝醉就鼾声如雷了；中年政治家哈克贝利·费恩正汗流浃背地跳着猴子舞……只有在充满醉意与喧嚣的夜总会和酒吧里，每个哈克贝利·费恩才能想起现实生活中早已完全放弃的生活乐趣。

"噢，好啊！这不是《军舰进行曲》吗？"

老工薪族们站了起来，夜总会的乐队开始演奏"美好往昔"的日本梦：

> 能攻能守的铁甲舰，
> 啦啦啦啦，啦啦啦啦，啦啦啦啦啦
> ……

刚才酒喝得忘了时间的老工薪族竟然都挥舞起拳头来了。然而，不管他们现在如何陶醉于"自由"的梦想中，女招待们还是一到关店时间就撤出场外，收银条紧跟着也会伸到他们鼻子跟前，这时他们才从梦想中醒来。或许只有当他们走出夜总会，溜进昏暗的小巷避开路人眼目小便时，才会稍微理解一点儿哈克贝利·费恩的心情。倘若真是如此的话，就说明他们的日本梦也已经无法重圆了。

独自出航的少年堀江谦一[1]漂泊在漆黑的太平洋上，

---

[1] 堀江谦一：海洋冒险家，业余无线电爱好者。

带来的收音机里正播着村田英雄[1]的歌声:

> 我把命押在吹口气就会飞走的棋子上,
> 你想笑话我就笑吧……

据说他听着听着,不知不觉流下了眼泪。这是因为堀江谦一也把自己的日本梦押在了一阵风就能吹翻的帆船上。

但究竟有没有什么值得我们将自己命运押在上面的事物呢?

---

[1] 村田英雄(1929—2002):歌手、演员,原名梶山勇。

小巷绅士录 4 脱衣舞娘
正因为是肉体

在奥德修斯[1]的时代,只要肉体发达,就能成为英雄。

可是到了现代,肉体发达的人似乎只能当工人或进自卫队了。

而世间称雄的是肉体贫弱但头脑发达的学者。在这些病态的睿智之中,啊,哪里有发达肉体的未来呀?

先来介绍一个没有名气的脱衣舞娘吧。

她是个才出道几个月的新手脱衣舞娘。乳房丰满硕大,脸庞上还留着些许稚气。

她来自东北,出生在一个小村落里。那地方偏远寂寥,能让人联想起石川啄木[2]"真希望那趟火车的乘务员是我中学同学"的诗歌。上小学时她循规蹈矩,但进中学后不走正道,只好退学,以后又乱服安眠药玩。不知不觉地,别人开始称呼她"女流氓",连她自己也觉得:"现

---
1 奥德修斯:希腊神话传说中的伊萨卡岛之王。
2 石川啄木(1886—1912):日本诗人,原名石川一。代表作《一握沙》《悲哀的玩具》。

在的我已经不是真正的我了。"

她被关进拘留所接受警察的督导,并在那里结识了路易斯安娜·玛丽。她听说路易斯安娜·玛丽是个十八九岁的脱衣舞娘,从东京到这里来演出,因为在保守的东北人面前"全让他们看光了",而被逮捕。

就这样,乡下的女流氓跟东京的脱衣舞娘交上了朋友,两个人有一搭没一搭地讨论起了人生。

"即使生在乡下,如果是男人的话,还可以成为拳击手、歌手……哪怕是棒球运动员,也是能当上的吧。可要是女人的话就没戏了,"她说道,"女人难啊。"

玛丽一听,安慰她说:"但你不是有好东西的吗?"

"好东西?"

"你瞧你瞧,就是你这对奶子呀!"玛丽用手指了指说,"既然你有这么棒的身体,我觉得光凭它们也能在东京过得下去呢。"

她仔仔细细揣摩起自己的身体来。过去一直以为古时候才有光靠发达身体维持生活的事,现在那些肉体发达的人全都当了工人,他们只有被头脑发达的人使唤的份。

现在已经到了戴眼镜的小男人对人猿泰山那样的美男子颐指气使的时代了。

不过,要是玛丽没在骗人的话,那也许到了东京真能好歹过得下去呢。

想到这里,她脱口而出:"我太高兴了!"

伊夫·罗贝尔[1]的电影《纽扣战争》中有一大群男孩子。到了要玩打仗游戏的时候,一个男孩问大家:
"到底谁来当大将?"
话刚出口,另一个男孩傲然回答:
"当然是鸡巴最大的人当大将啰。"
看到这里,观众哄然大笑,然而那笑声让人感觉到它里面包含着观众的羡慕之情。因为那个质朴的、最具人性的"健康时代"不知什么时候已经被病态的睿智取而代之了。

却说,她从拘留所释放出来后,就拿着包袱赶到东京,按照玛丽给她画的地图左找右找,总算找到了玛丽住的公寓。一敲门,屋子里出来一个男人,自称是玛丽的丈夫。
"我是来找玛丽小姐的。"
话刚出口,男人答道:
"玛丽逃到别的地方去了,连个电话也没来过。"
这一来她走投无路了。可是既然都到了东京,就不能再退回乡下去。

村田英雄不是唱过"明日便要去东京,无论何事须取胜"吗?更何况自己还有一对出色的乳房呢——这个自信使她坚强起来。

---
[1] 伊夫·罗贝尔(1920—2002):法国导演。

她找到玛丽过去的经纪人,提出了"请你使用我"的申请。

经纪人仅仅看了她一眼就答应了。第一天是见习,第二天就开始登台。虽然起初她只是在终场时上去行礼,但这一来也使她的乳房"社会化"了。过了一个月,就决定要为她的演出增加一个入浴的情节。

深夜走台时,她反复练习了好几遍"展示入浴"。这个情节要求她脸上带着微笑,裸体跳进蓬起的肥皂泡中。正当她劲头十足跃跃欲试时,谁知突然又决定不要这个情节了,这使她沮丧得很。取消这个情节,是因为舞台旁边没地方放那个大浴缸。

她说到了这个时候,自己已经不再梦想去大剧场演出了。因为这里大家对自己都很好,都在夸奖自己的肉体。

"你攒了钱想干什么?"我问。

"是啊,"她望着天花板想了想,"我想租一套房间。现在不是跟大家住在一起吗?有了自己的房间,乡下有朋友来的时候,就能让他们住了。"

好像是心里想得高兴,她的脸上一下子充满了微笑。

"你说的朋友,是男朋友?"

她没有吱声。我又问了一遍,她才开了口:

"这让我怎么说呀?"

"说不出口?就是说,你有心上人啰?"

一听这话,她又笑了。

"他是干什么的?"

"大学生。"

"你不想回家乡去吗?"

对这个问题,她轻轻说道:"想回去……"随即又补上一句,"可是我不回去。"

家乡有她不堪回首的过去。她记得当酒吧女招待、艺伎的经历;记得曾经离家出走,想沿着铁路逃到随便哪个地方去……

她仿佛在向我展示一张少女的履历表,在自己的人生开始之前,她已经遭受了各种挫折。

她又把手伸给我看,只见手腕上有许多烧伤的痕迹。我吃了一惊,问她:

"怎么回事啊?这么多伤痕!"

"烧的呀,自己烧的,"她答道,脸上依旧在微笑,"吃了安眠药昏昏欲睡的时候,是安眠药开始起作用了。到了这时候,就一点儿也不会感到疼。我觉得这种感觉挺好玩的,所以就自己用火柴烧这里了。"

"可是,这么烧,总是有点儿疼的吧?"

"一点儿都不疼。所以我才会把手腕烧成这样。"她满不在乎地说道。

她当然不后悔。

她的长处就是始终微笑。

我不喜欢那种"面对弯月满眼泪"的一脸可怜相的女人,一般也不喜欢运气不好的女人。而有的女人不管闯过多大难关之后都能一直保持笑容,只有当我从这样的女人身上发现她真正的悲伤时,才会深深地被她打动。

而且,我还不喜欢没有自豪感的女人。

当一个女人像她那样对自己出色的乳房充满自信时,才会变得美丽。无论这个时代怎么由理性左右,它也是建筑在肉体的土壤上的。这是毋庸置疑的事实。

以前,小学老师教给了我们一个道理:

"健全的精神寄宿在健全的身体里。"

千真万确。她演出的剧场男厕所里,有人用铅笔涂写了这么一句话:"肉体万岁!文明见鬼!"可是,这两者其实如同父子一般,有着不可分割的关系。

东北的爱玛姑娘[1]。

她的名字叫托咪·秋月,十九岁。

她现在正从浅草座的舞台上用乳房向您致意。

---

1 爱玛姑娘:比利·怀尔德导演的美国电影《花街神女》(1963)中的女主人公。

小巷绅士录 5 工薪族
步兵的思想

"工薪族成了轻松的职业啦!"

并非工薪族的植木等唱道。

于是,满员轻轨车厢中的工薪族们晃动着身子,幸福地笑了。

然而,何谓"轻松"?对于工薪族来说,它是否值得高兴?让我们研究一下那些小市民时代的"大市民"的理想吧。

我开始感到,应该从时代的角度考察一下咖喱饭和汤面。

这两种食品都是学生和工薪族最常吃的,再加上饺子,就成了大众食品中的所谓"三大法宝"。

然而,咖喱饭和汤面虽然看上去同样受人欢迎,其实它们各自的粉丝还是略有不同的。

如果要下个定义的话,则是咖喱饭人群中维持现状型的保守派居多,汤面人群中不满现状型的革新派占优。这也许是因为(如果剔除快餐食品的话)咖喱饭带有家庭的气息,而汤面却带着街头的风味。

我手头这份广播节目评论(快报)上,登载了一则关于创立《一分钟一万言》新节目的报道。主办方模仿诺曼·梅勒[1],让听众进行一分钟即兴演说或是抗议。

有的听众由于日常生活太乏味了,于是想要笑它一分钟,让自己的笑声通过收音机响遍日本。于是,广播里便整整一分钟都播放着他反复"嘻嘻嘻嘻……嗬嗬嗬嗬……哼哼哼哼……哈哈哈哈……"的笑声。

有个在《一分钟一万言》中发言的工薪族谈到了咖喱饭,他的演说不知怎么倒给我留下了深刻的记忆。

此人花了一分钟称赞妻子做的咖喱饭如何好吃,俨然这个世界上有个什么咖喱饭宪章,将咖喱饭当成了"家庭幸福"的象征:

"无论在公司里干得多么不愉快,只要拐进小巷,一闻到飘来的孩子他妈做的咖喱饭香味,我就会忘记所有烦恼。

"这时候我深深地感到:啊,还好我有个家啊!"

这样的咖喱饭人可以说是典型的白领,是日本的步兵。

对他们这些咖喱饭步兵来说,幸福的最大公约数是"睡得好""一家老小平安无事""看电视"。

正因为如此,植木等才会用他那如同摔炮爆炸般的

---

[1] 诺曼·梅勒(Norman Mailer, 1923—2007):美国著名作家,非虚构小说的倡导者。

喉咙高唱日本版的抗议歌曲：

> 不吹牛皮，不惹是非，
> 不打呼噜，不说梦话，
> 夹紧尾巴过日子，世道也不会变。
> 鼓足劲来吹大牛吧，
> 吹牛皮！吹牛皮！
> 吹呀！吹呀！吹呀！

然而，虽然《一分钟一万言》也打出了日本人吹牛比赛的旗号，可是人们在节目中比试吹牛皮时，却一点儿也没吹出耸人听闻的牛皮来。牛皮没吹出什么，谎言倒出来不少。也就是说，只出现了现实的变奏，却没有出现创造性的想象力。

"咳，真没意思！"我说，"对那些咖喱饭人什么也别指望。对这样的幸福人种来说，与现实的关系是不会变得紧张的。"

"可那样不是挺好吗？"一位工薪族不同意我的意见，"因为即使'鼓足劲来吹大牛'，现实也不是那么容易改变的呀。踏踏实实的平凡生活最好了。"

与这种稳妥的咖喱饭人相比，汤面人则具有较大的可塑性。

汤面人通常较为贫穷，心态也不大安稳。曾听一个工薪族说过，热腾腾的蒸汽从地狱煎锅般的汤面馆厨房里冒上来的景象,总给人一种"战争"的感觉。

另一个工薪族对我说:

"说到底,不满现状的汤面人并不是想从汤面味中追求什么,而是冲着它比咖喱饭便宜才来吃汤面的。

"不满自己只吃得起便宜汤面,不满吃完汤面过没多久肚子又饿了,这其实是对收入少的不满,是一种阶级性的不满。"

可是,我的想法有点儿不一样:

"汤面和咖喱饭之间的价格差不过才二三十日元,把这么小的差别说成是幸福的界线,是不是太过分了?"

"咖喱饭贵一点儿是因为它好吃,连印度人都对日本咖喱饭的味道感到吃惊呢!"

"那你觉得它怎么样?"我问,"你想不想尝尝烤里脊牛排、北京烤鸭、燕窝汤?"

这个工薪族答道:

"我对那些怪东西不感兴趣。"

"怪东西?哪是什么怪东西啊,我说的是那些高档菜。"

他一听,轻蔑地说道:

"吃了那样的东西会有什么好处?吃了燕窝以后不把肚子搞坏就算是运气了。最要紧的是,提心吊胆吃下去的东西是不会好吃的。"

"照你说的那样的话,就不能在饮食上冒险,味觉文化也根本不会发展。"

"咳,不发展也行啊。我只要有孩子他妈做的咖喱饭,就够满足的了。"

让·保罗·拉克鲁瓦[1]在《不出人头地的秘诀》一书中写到了"如何逃避出人头地"。文章写道：

"想当年，虽然没有钱，但生活在清闲与友谊之中，幸福就像小河里随时钓得上来的鲫鱼。而一旦出人头地，即便怀念那乐陶陶的日子，也早已无法企及了。这样的仁兄沦落为赚钱、发令的机器，与女友约会时要带支票本，没完没了的公司派对让他们吃得肝肿，电话听得耳朵都被话筒压变了形。

"他们说时间就是金钱。奇怪的是，他们越是有钱，时间就越少。

"他们会跟朋友去喝一杯吗？会和年轻姑娘划划船吗？会到旧书店去淘淘书吗？要知道他们的时间可是按每分钟赚（或者赔）十万法郎来计算的呀……哼哼！"

这本书还对怎样避开出人头地去过平凡生活的方法进行了详细指导。

只要按照书上的指导去做，那么"四十来岁的时候，你大概就能成为那种出色的人、那种文明的真髓，也就是成为'落伍者'了"。对于咖喱饭人来说，这种引人捧腹大笑的书籍可以说是他们的福音书。因为正是这种"不交朋友""做错事""不引人注意"的忠告，才能为他们的消极提供伪装。

---

[1] 让·保罗·拉克鲁瓦（Jean Paul Lacroix）：法国记者、作家。

而且，他们把书末几个无名者"如何实现不出人头地"的传记与自己进行比较之后，想必会很高兴两者间有许多类似之处，会如释重负地舒口气，同时也会感到些许凄凉的吧。

工薪族是步兵。

就是说，在满员轻轨车厢、公司与自己家之间往返时，他们在一步一步地分段走。然而，下将棋的时候，步兵却是能一转身就升变为金将的。

我这里不是把它比喻为出人头地，而是在把它作为更大的"价值问题"进行思考。

当我们从咖喱饭和汤面之间小小的争议一下子回到整个生存方式的问题上来时，这两种食品之差就有可能扩展到工薪族理想的层面上来了。

工薪族的"幸福论"不应该从咖喱饭中去发现。只要他们心中的"幸福"没有更多变动的形象，那么步兵势必只能以步兵终其一生。

"所谓幸福，就是寻找幸福。

——儒勒·列那尔[1]"

---

[1] 儒勒·列那尔（Jules Renard, 1864—1910）：法国小说家、诗人、剧作家。代表作《胡萝卜须》《自然纪事》。

小巷绅士录 6 手枪迷
枪

文明国家中禁止持有枪支的就有我国。

据说在美国只要是纳税的人,连机关枪都能买。

"啊,我想要把手枪。"少年说。

"你要打什么?"少女问他。

"打太阳啊,"少年回答,"那玩意我越看越生气!"

走到枪店门前,少年站住了。

透过蒙蒙的玻璃门,看得到整排的枪。少年想要把枪。

然而他既没有买枪的资格,也没有钱。

少年想起了在旧书店里站着读过的那本书:"枪的历史在火药发明的同时就开始了。早在1664年,罗伯特·梅耶爵士就写过一篇自动式手枪原理实用化的论文。"1664年?那是三百年前的事了。那时候,别说少年、少年的父亲了,就连少年的祖父都还没生出来呢。

那种很久以前造出来的枪,到底怎么使用呢?

"枪是打什么用的?"少年问。

"打各种东西,"父亲回答,"野鸭啦,野猪啦,好多好多呢。"

少年坐在楼梯上,父亲坐在餐桌旁,正独自喝着饭后的威士忌。太阳完全下山了,周围已经一片昏暗,可屋子里还没点灯。

"光打野兽?"少年又问。

"其实,也打过人吧,"父亲笑了,"那是在战争的时候。可是现在谁也不会干那种事了。猎人们打野鸭啦、野猪什么的时候才会开枪。"

"嗯。"少年听了半信半疑,心想野鸭野猪怎么会有那么多呢?

"如果……"少年问父亲,"如果没打准,打到人了会怎么样?"

父亲被他问得有点儿烦了,因为这会儿他想一个人悠悠地喝酒。可是孩子问的这件事又不能不回答。

"中了大口径子弹的时候,血管和伤口周围的组织都会受到破坏,要是打到头骨的神经,一会儿也支撑不了。大多数中弹的人都会因为大出血或内脏受损死掉。"

"会死?"少年问。

"会死。"父亲重复了一遍。

少年从没想到过什么是"死"。可是,对于"绝对"的事情,他是经常思考的。

他觉得,就像蝙蝠侠、大X超人、铁臂阿童木都具有无条件的绝对性一样,枪也具有不受限制的绝对性。电视上那个人被另一个人追赶着,就在眼看要被追上的千钧一发之际,只见他从口袋里掏出一把手枪来,转眼之间,场上的形势立刻发生了逆转。这样的场面少年已经看过好多次了。

"要是能弄到把手枪就好了,"少年心想,"那多棒啊!"

少年的父亲腿脚有毛病,母亲也在他刚进小学那年因为肝癌死了。少年的身体绝对算不上结实。

开运动会时他总是跑在后边,打架也从没赢过。有一次他琢磨过神的事情。他想象那个神跟杂耍场里劈锁链的大力士一个模样。

今年夏天,少年特地穿过铁路到神学院去了一趟。可是从长满爬山虎的教堂里出来的那些神学院学生,都长得跟少年心中想象的那个神相差很远。他们有的太瘦,有的戴眼镜,有的胳膊下夹着克尔凯郭尔[1]或马克斯·皮卡德[2]的书。

"我要买把枪。"少年说。

"真的?"一个脸上长雀斑的学生羡慕地问,"可你还不知道怎么开枪吧?"

"什么话!"少年说,"开枪是马上就能学会的。"

---

[1] 索伦·克尔凯郭尔(Soren Aabye Kierkegaard, 1813—1855):丹麦神学家、哲学家。
[2] 马克斯·皮卡德(Max Picard, 1888—1963):瑞士医生,坚持宗教立场的作家,生于德国。

少年望着自己的脸映在枪店模糊的玻璃门上，只见一排陈列着的枪跟自己的脸重叠在一起。

现在，以下枪支是禁止持有的：全自动枪；自动装填六发以上子弹的枪（0.22英寸口径的除外）；口径10.55毫米以上的步枪；8号口径以上的霰弹枪；可以改装或分解为手枪的枪；全长93.9厘米以下、枪身长48.8厘米以下的枪。

少年推门走了进去。

店里很暖和，有许多鸟的标本和鹿头，还有许多不太常见的外国字。

"你每天都来嘛。"柜台里一个打零工的学生一边擦着枪身，一边打招呼。少年没说话，朝他缩了缩肩膀。

"你喜欢枪吗？"打零工的学生问。

"哎，喜欢啊。"少年回答。

"喜欢也是白搭啊，"打零工的学生说，"今后十年内都不行。"

少年觉得再等十年太长了，自己打从出生好歹才刚过了十年呢。

"这是沃尔瑟[1]的五连发手动枪机运动步枪。你瞧，这儿还刻着字呢：'步枪集团'。"

说着，打零工的学生拉过少年的手，让他去摸字凹凸的地方。少年吃了一惊，把手缩了回来。他感到有点儿害怕。

---

[1] 沃尔瑟：德国枪支品牌名。

"你来拿拿看?"打零工的学生问。

少年没有吱声。打零工的学生就像给他发奖状般把枪递过来,少年双手接住了那杆枪。枪很冷,也很重。

"这杆枪死了,"少年想,"不过,射击的时候肯定会活过来的。"

那杆枪上带着油味,少年觉得好像以前有一次也闻到过这种气味。那是梳子的气味,是在妈妈还活着的时候自己闻到的。

那天晚上,少年做梦了。

他梦到自己用枪从枯草丛中瞄准天上的一只飞鸟射击。少年肩头感觉得到枪的重量,他扣动了扳机。

子弹准确命中,鸟毛在天上散了开来。

"打中了!"少年在梦中喊道。

奇怪的是,子弹命中了,鸟却没有掉下来。它只是侧了侧身子,又慢悠悠地继续向前飞。

少年又连续打了第二枪、第三枪。

每发子弹都打中了鸟,每次命中后,鸟毛都在空中飞散开来。

但鸟还是在继续飞翔,并没有掉下来。

少年的手渐渐发僵,脸颊蹭破了皮,肩膀疼得像是骨头散了架。但他还是继续射击。

而鸟仍然没有掉下来。

少年眼中含着眼泪。竟然还存在着一个有枪也无法撼动的坚不可摧的世界,这使他悲伤至极。少年头上洒着阳光,那太阳早在他郁闷的人生开始之前就挂在天上了。少年的五连发手动枪机运动步枪只能对着鸟已飞走的天空不停射击。

美国报纸上频频出现未成年人持枪犯罪的报道。有的未成年人某一天会突然把枪口指向自己幸福的双亲。也有人把这种恐怖现象直接解释为对美国的越南政策的批判。

然而,枪冰冷沉重的存在感是不容任何比喻的。

"还得等十年!"少年心想。

他手托下巴坐在楼梯上。昨夜梦醒之后,今天还得继续生活。

"啊,真想早点儿长大啊。"少年嘟哝道。

父亲在他身后一边听着他嘟哝,一边继续自斟自酌着威士忌。

"不能持有枪支的社会无法让人认同,需要枪的社会更无法让人认同。"

酒劲一上头,二十年前腿上落下的老伤又疼起来了。

父亲晕晕乎乎地想着那场已经结束的战争。

"当年把我腿打残的,充其量只是一把枪嘛;

现在我儿子想要的,说到底也还是一把枪啊。"

小巷绅士录 7 长途货车
拂晓的祈祷

我不知道到哪里去,
只是想离开这里。
——兰斯顿·休斯[1]

又有一辆长途货车在拂晓时开走了。他们的人生就是赶路。一个司机对着休息区的女招待大声喊着:

"你就是想给我写信也没用,
因为我的家就是公路。"

长途货车司机们去的餐厅,让人感觉是个最低档的西式大宾馆。

那里各色人等进进出出,每个人只待吃一大碗盖浇饭的时间。

餐厅墙上贴满了菜谱:炒杂碎套餐、营养套餐、炖杂碎套餐、"强力滋补"的面拖墨鱼套餐、烤猪排……厨房热腾腾的大锅里冒着令人窒息的蒸汽,一个桶里装满了活杀鸡的鸡脚和猪蹄。餐厅闷热的空气里夹带着汗酸

---

[1] 兰斯顿·休斯(Langston Hughes,1902—1967):美国作家、诗人。

臭，即使到了午夜也无法散去。跨出门外便是看不到人的高速公路，周围全无民居灯火，只有刺破夜幕的长途货车时不时从眼前经过。

"阿姨，那个司机每天晚上点的都是同一个曲子呢。"
一个姑娘将大碗盖浇饭送上客人餐桌后，对收银阿姨悄声说道。阿姨抬头一看，只见那个司机站在半新不旧的投币式自动唱机前，正呆呆地凝视着转动的唱片。他年龄四十二三，有点儿驼背，是开货车运青花鱼的。

> 我已经不、不、不再留恋逃走的老婆，
> 只是这个想吃奶的孩子着实让人爱怜。
> 我哪里会唱什么摇篮曲啊，
> 傻男人的……浪花调……

"听说那个司机的老婆逃走了，"收银阿姨说，"这种开长途货车的司机，一个星期最多只能回一趟家嘛，所以被老婆嫌弃也不是没道理的。"
餐厅的招牌菜炖杂碎套餐是用萝卜、大蒜和不知什么动物的内脏炖出来的。也有加豆酱炖过后再撒上葱花的，不过量要是不多就不好卖。
"听说那个司机的老婆逃走后，他改变了跑车路线，把原来的沼津到东京换成现在的大阪到花卷，路程更远了。他说跑得远一点儿，遇到老婆的机会就会多一点儿。"

炖杂碎的葱味有点儿冲，吃的时候会从牙齿那儿散发出冬天的土腥味。那是小时候乡下老家房后菜地里的气味。唱片里哽咽的嗓音从咽喉深处吐出感伤的歌声：

> 哪儿有长得像他妈妈的女人
> 能来抱抱这个可怜的孩子吗？

"喂，老哥，该走了。"一个穿外套的年轻司机披上肥大的棉衣，一边用牙签在嘴里拨弄着，一边拍了拍投币式自动唱机旁那个中年司机的肩膀。

"我得睡一会儿，麻烦你到横滨的时候叫我一声。"

"你瞧你瞧，那边那个就是人家叫他'两点哥'的，"收银阿姨一边掰开找零用的一捆硬币，一边说道，"不知道他姓甚名谁，可他进我们店的时间肯定是半夜两点，准得跟钟一样。"

她说的那个司机刚把硬币哐的一声扔进弹子盘的投币口中，另一个在鸡饲料运输公司开车的司机盯着弹子盘说：

"昨天我输了不少啊。"

这个弹子盘是 Made In New York。画着比基尼女郎的弹子盘上有无数"迷宫"，他们俩让白色的弹子穿行于其间不能进洞，每次赌一百日元。两个人互不相识，但都吃着"同一锅饭"，在这里一赌输赢后又会各奔东西，去跑自己漫长的旅程。弹出去的弹子滚动在盘面上，看到它快要掉进洞的时候，就用食指通过按钮将它停住。可是弹子不一会儿又会面临掉进洞的危险。让弹子停住的并不只是手指的意志，这种游戏是眼看要坠落到最底下的球和阻止它坠落的人的意识判断之间的较量，就好比两种"幸福论"的碰撞，虽然是只值一百日元的幸福论。而坠落进洞的弹子在盘上是无法复生的。

"该你了。"运鸡饲料的司机说。

"两点哥"使足了劲，那个他把自己幸运押在上面的白色弹子被他的大拇指尖用力弹了出去。

"海豚啊，"那个金牙闪闪发光的人回答我，"我是运海豚的。"

"那种东西运去干什么？"

"吃啊。"

"你是说吃海豚？"

我半信半疑地望着他的脸，他的第二碗盖浇饭已经吃完了。

"我不知道竟然还有人吃海豚啊。"

一听这话，他咧着一嘴金牙笑了：

"海豚的肠子好吃着呢，海豚肉的生鱼片更是鲜得没话说。我让孩子他妈吃过以后，她连说了好几遍'服了''服了'……"

"嗯，"我感慨地心想，"这个镶金牙的人总算还是有妻小的啊。"可是，冬天寒冷的海上也有海豚吗？不知不觉地，在眼前这个金牙男子吐出的烟雾中，我仿佛看到了等着他归来的妻小和冬日海豚的叠影。有海豚吗？有还是没有？妻小……海豚……到底有没有……

不知怎么，我郁郁不乐起来，这大概也因为已经是凌晨两点的缘故吧。

这些司机中上了点儿年纪的人全都戴着戒指，这使我很惊奇。

于是，我一边喝着猪肉酱汤，一边（带着些许醉意）调侃他们：

"真有你们的，都戴着戒指呢！"

听了我的话，他们中一个运陶土管的司机应声答道："这哪是戒指啊？"说着就从指头上摘下来给我看。

"不是戒指是什么？"

"是图章。"

"图章？"我拿起来一看，果然是图章。

"我们又不知道什么时候在什么地方会出事故。被警察抓住的时候，马上就得在那张红纸上按图章。要是找不着图章可就麻烦了。所以为了防止丢失，就得这么老戴在手指上。要是能够一辈子不用这个图章就好了……"

他的脸上充满了疲惫，然而那疲惫之中却焕发着活力。

"我哥哥在交通事故中轧死三个人后不再开车，如今在别人的公司干活。可是他说到了半夜两点左右听到远处有运石子的卡车开过时,还会猛然醒过来。看来他以为是要交接班了吧。半夜交接班的时候是困得最难受的。"

怪不得咖啡那么好卖。在这个圈子中咖啡之所以比任何一种"强力滋补"的营养食品卖得好,不外是因为他们的工作是在"跟困倦作斗争"。尽管如此,"人干得精疲力竭,存款却并没有相应增加。有了点儿钱也是在名古屋赌赌赛艇什么的,而且总是输得多。偶尔赌中赢了点儿钱,也都花在女人身上了。女人嘛,你有钱的时候她当然会对你很温柔的啦。"

拂晓时高速公路上扬长而去的长途货车上似乎承载着某种悲壮,这是在进行没有指望的高速公路汽车赛。这些人虽然与我们生于同一时代,却找不到任何值得将自己的青春时代押注在上面的地方。运青花鱼的货车披着朝阳一路向北奔驰着,驾驶室里的司机们虽然羡慕别人简朴的小市民生活,却依然吹着口哨哼着歌越跑越远:

反正我们就是流浪……

导致他们发生交通事故的,不仅仅是驾驶上的失误或过重劳动造成的疲劳,而是有更本质的原因。
或许可以说,这是因为他们对这个不合理时代似乎怀有怨恨吧。

"你说的什么呀!一条道走得腻了,就到别的公司去呀。

"反正我想把整个日本都跑一跑嘛。

"没准过不了多久,我会在什么地方停下来,就在那儿的小镇上过一辈子。可是现在嘛,跑车就是我的生活。"

两个女人

四月十日。

看着樱花奖跑马大赛的实况转播,我想起了两个女人的事。

这两个人同为新宿阿波斯尔[1]酒吧的女招待,却为了争夺一个大学生闹出了伤人事件。

这是很久以前发生的事,后来这两人情况如何,我不得而知。

可是看着樱花奖跑马大赛中若云和目白菩萨的角逐,往事又像昨日刚发生的事情一样浮现在我脑海中。

目白菩萨是一匹体重三百七十六公斤的小个子马。

在参加樱花奖跑马大赛的二十四匹母马中,就数它个头出奇地小。不仅个头小,它的身世也出奇地不幸。

记得在那个暴风雨之夜的马厩稻草堆上,它的母亲目白皇后因为难产开始痛苦地挣扎。

望着它痛苦之极的样子,人们都觉得:碰上这么痛苦的难产,马驹说不定没法生下来。

---

[1] 阿波斯尔:英语 apostle 的音译,原意为"使徒"。日本一匹参赛马的名字亦为阿波斯尔。

可是过了不久，目白皇后生下了自己的第一胎，却因为体力消耗过大死去了。

管马的人都被暴风雨淋得浑身湿透，目白皇后的死使他们非常悲伤，来到这个世界的马驹也没有得到任何祝福。

传说这匹马驹刚出生就靠自己的腿站了起来。就在它站起来的同时，暴风雨出人意料地突然停止了肆虐，黑暗的天空中升起了剃刀般的新月。

马驹被命名为"菩萨"，意为它继承了佛的血统；再从它母亲名字中取来"目白"二字，她就成了"目白菩萨"。

然而不知为什么，目白菩萨比其他马都长得慢，性格也很阴暗，所以管马的人没想过、也根本不期待目白菩萨能崭露头角，成为一匹优秀的参赛马。虽说目白菩萨满三岁不久就被派去参加比赛，但谈不上"被重用"。它开始出赛后不久，父亲蒙塔瓦尔也死了。

蒙塔瓦尔是从英国进口的配种公马，说来算是"显贵人家的放荡绅士"，全国各个牧场都有许多因它而怀孕的母马。

然而马的世界里是不存在"家族制度"的，所以目白菩萨没得到它的任何遗产。

目白菩萨作为中央赛马界有史以来少有的"孤儿马"，名字被登上了赛马报。

不知为什么，看着目白菩萨这匹马，我会想起少年时

代经常听人讲起的琵琶故事中的"石童丸[1]":

> 听着野鸽的啾啾啼声,
> 我想爸爸,我想妈妈。

石童丸这种凄婉的愿望,我觉得或许也是目白菩萨的愿望。

目白菩萨从首次参赛开始,就对争取胜利表现出了超常的斗志。它的比赛状态简直让人感到充满了杀气。随后它参加朝日杯三岁马有奖赛(决出三岁马第一名的特别奖金马赛),获得了七战六胜的成绩。

在朝日杯三岁马有奖赛上,目白菩萨的对手是一大批公马豪强:玉秀峰、哈伯希望、广勇实、鹰朱鹭、毕星团,还有一匹母马目白玛洛卡。虽然人们觉得目白菩萨"有点儿够呛",但它在比赛中一直甩开马群冲在前头,最终获得了胜利。

对于"目白菩萨为什么如此强大",马迷们是这么说的:

"这是它对自己不幸身世的复仇,因为除了取胜之外,它没有其他获得爱的办法。"

马迷们大概都知道云若事件吧。

1951年樱花奖跑马大赛上,母马云若惜败于月川,

---
[1] 石童丸:日本传说中的人物,曾出现在各种作品中。

痛失获得冠军的荣誉，屈居亚军。然而不久，它却沦为"京都跑马场集体传染性贫血"事件的牺牲品，被命令宰杀。

患了传染性贫血的马必须进行宰杀处理，这是赛马界的戒律。

然而，受命对云若进行宰杀处理的某人却没有杀它，将它庇护起来转入地下养病（或许此人另找了一匹替身杀掉了）。这个扑朔迷离的事件被称为赛马界的"基督山伯爵事件"。不久以后，顺利恢复健康的云若在北海道早来的吉田牧场产下了马驹。

马主想要为这匹马驹登记，结果得到的回答是"按理已经死掉的马生的马驹不能登记"。

于是，对于这匹幽灵般的马驹，赛马界破例进行了"私生马驹参赛审判"。

这个审判旷日持久，以至最终云若的头胎马驹月樱开始参加跑马赛时，已经是六岁多的老马了。

若云就是这匹幸运的云若生出的第五胎马驹。

由于刚落地时跟母亲长得一模一样，所以命名人将它母亲名字中的两个字倒过来做了它的名字。它被作为实现母亲"夺取母马冠军桂冠"夙愿的接班人来进行培育。

若云的父亲是出生于美国的卡法拉普二世，现在还活着。若云在北海道被精心培育成了生龙活虎的高头大马，体重四百六十公斤。一匹马获得如此期待与祝福，还是颇为鲜见的。

牧场的人议论道：

"云若的夙愿肯定会由若云来实现。

因为若云不是普通的马,

是理应已经死去的马的亡灵生出的马驹。"

樱花奖跑马大赛的人气被目白菩萨和若云分享了(当然,还有清茂琉、清数奇、博良那些潜在的奇兵)。

当年驾驭母亲云若的骑手杉村如今牵着若云的缰绳,而经历了状态下降后的目白菩萨已迅速增进食欲,也已处于良好状态。谁能夺得母马的桂冠,已经成了马迷们热议的话题。

押目白菩萨夺冠的马票卖了三百二十万日元,押若云夺冠的马票卖了一百六十七万日元。让人感到这场比赛仿佛是在赌"不幸"和"幸运"哪一个强大,大部分马迷们把赌注押在"不幸"的目白菩萨上,如实地反映出现代人的赛马思想。我觉得这一点很有意思。

而马赛却是以清数奇和博良的拼命猛冲拉开序幕的。过了三分三厘[1]后跑上直道,一个鹿毛色的马头宛如漂亮的音符一般向前冲了出来。

是若云!

若云奋力甩开其他马,显得它势必轻松取胜。

就在这时,目白菩萨分开马群,像箭一般追了上来,奇兵博良也加大了步幅。

---

[1] 三分三厘:赛马用语,意为离终点660米的地方。一般指开始进行最后冲刺的地方。

只见目白菩萨一步一步追上博良和若云,三匹马几乎同时冲过了终点。

最后通过摄影判定的结果是:若云首先冲过终线,博良以一头之差获得第二,目白菩萨仅以一鼻之差位列第三。

十年之前,明美用西式剃刀砍伤了美登理。明美是个孤儿,身材娇小。美登理是个私生女,她母亲在广岛被扔下原子弹时奇迹般地活了下来,后来在北海道的夜总会工作。

她们两人争夺的那个大学生最后跟美登理结了婚。这次不幸没有战胜幸运。现代大概也还是运气不好就没法活下去的时代吧。

地方赛马场见！

连日都是阴天，心里很郁闷。

时隔很久之后，又想坐火车了。火车还是火车，但近来已经不拉汽笛，挺没意思的。

我觉得还是以前的火车好啊。

当年我乘着火车告别自己寂寞的少年时代，从青森车站出发奔向东京，汽笛声真好听啊。记得我经常坐在房顶上吹口琴，还把口琴声跟汽笛声比较呢。

>有老家可回当然好，
>而我既没有名字，也没有父母。

我就喜欢这样的歌曲。

因为其实我就是"既没有名字也没有父母"。

却说那天我提着个旅行包正要出门时，发现邮箱里有一封信。

信封上写着发信人叫森誉，地址是千叶县船桥市宫本町船桥跑马场。

我好奇地拿起了那封信,向还没开始营业的"菲威尔"(farewell)酒吧走去。"菲威尔"原文意思为"告辞"。因为有一匹参赛马的名字就叫"菲威尔",而这家酒吧的店主正是买了"菲威尔"的马票中了彩,才用赢来的钱开了这家小小的托利斯酒吧[1]。

我一个人坐在"菲威尔"酒吧的柜台前面,借着射进来的阳光看了那封信。信上满纸全是主张开展地方赛马的观点。

信的开头这样写着:

"三月初求得阁下大作《让大家都发火吧》开始拜读,从第一篇《别了,勿忘草》起就令我怒火满腔,义愤难平。

"先向您介绍一下鄙人的职业。

"鄙人正是阁下持有偏见的公营赛马(通称地方赛马)中的一名骑手。"

他在信中抱怨道:

"阁下将地方赛马与中央赛马区别开来,意欲使中央赛马享有优越的特权,这不啻一种赛马盲的观点。"

我的《让大家都发火吧》是一本关于赛马、拳击、棒球的随笔集。当时中央赛马中那匹叫作"勿忘草"的明星马被卖给了地方赛马,于是我才通过书中这篇《别了,勿忘草》发了一通感慨。

---

[1] 托利斯酒吧:主要提供托利斯威士忌的酒吧(托利斯为三得利公司旗下的威士忌品牌之一)。

我在文中写道：

"当年入选全明星的骏马，如今却被放逐到地方赛马那破棚子般的马厩中去。我同情这匹马，觉得她就像以前在外地陋巷里的戏台上卖唱的流行歌手。

"我不希望这匹叫作'勿忘草'的美丽母马在地方赛马中以龙钟老态当众出丑。

"对于血统高贵但已步入晚年的马，应给予关心照顾。

"而'浪迹天涯的艺人与飘忽不定的云彩，究竟尽头在何处'所描绘的那种境遇，是'不出彩'的艺人应该背负的宿命，这种命运应该属于二流艺人。"

可是，森誉骑手对我反击道：

"请您有空到我们船桥赛马场来看看。

"那里成排的新马厩至少要比中山赛马场的明亮。

"而且，萨拉布莱德竞技马[1]生来就注定了其终生奔跑的宿命。

"不管草地如何，它们都会摒弃人类共有的那种廉价的多愁善感，在上面欢快地奔跑。

"而且，即使在地方赛马中，也有不计其数的马并不逊于中央赛马的那些名门之后。

"以前有过库莫莱特、隅田川、阿拉伯马时野桑德、霍森特，还有获得天皇奖的密德法姆、宝石兰、高天原、翁斯洛特，参加过德比赛的醍醐誉、金浪……可谓数不胜数。"

---
1 萨拉布莱德竞技马：英国原种马与阿拉伯马交配后生出的竞技马。

我对这位森誉骑手的激烈措辞颇有好感。

虽然他是看了我的书后才发火的,但他似乎也跟我同样是个战后派。

他在信上继续写道:

"记得大概是在1952年前后吧,我读了武智铁二[1]写的那本不知算是色情还是艺术的《赛马》,里头的内容也同样令人深感愤慨。

"书中说地方赛马是骗人的假比赛,他不想看。并断言与地方赛马相比,中央赛马不可能有人为的弄虚作假。

"可是他那本书问世没多久,就有人举报在福岛进行的中央赛马中,小田本和另外两三个骑手搞了假比赛。

"当时我快活至极,哈哈大笑:活该!装什么斯文……不过,那个小田本原来是我的好朋友……"

我觉得也许自己以前对地方赛马的看法过于偏执。

我这种偏执的想法,与森誉骑手质问"难道骑手和驯马师不同样都是日本人吗?"时的意识是有潜在联系的。

也许有人会将其定义为自卑感。然而实际上,对于出身于贫寒家庭的人来说,是对自己的出身持彻底否定的态度,还是在这种处境中力求改变命运,这两者是不同的。

如果用马来比喻的话,森誉骑手和我都不是"名门之后",其实都是在类似于地方赛马场那样的地方奋斗过

---

[1] 武智铁二(1912—1988):日本戏剧评论家、导演,曾用名:西村铁二、川口铁二。

来的血统不纯的马。

所以我自己虽然在关注中央赛马，但当洛克菲勒的马驹北海英雄出场，或是皇家挑战者的子嗣皇家少年参赛时，我也会搜寻能够击败他们的马。

于是，我就会把希望寄托在土佐绿或高仓山这些国产竞技马的后代身上。

实际上，我最讨厌"名门少爷"了。

他们将脱下来的VAN[1]夹克扔在跑车座位上，在口袋里面偷偷揣着石津谦介[2]的《实用男子潇洒学》，一边听着美国冒险乐队的电吉他，一边跟时装模特调情。每当看到他们这副德行，我都会情不自禁地啐道："见鬼去吧！名门少爷。"可以说，正因为我有着这样的潜意识，所以尽管身无分文，还是会大模大样地跑到路途遥远的东京，为的就是到中央赛马的主场观看那些"名门之后"被打败。

我忽然想去看地方赛马了。大概那里会有与"阳光灿烂的地方"不一样的不幸的萨拉布莱德竞技马。

也许森誉骑手不会说那些萨拉布莱德竞技马不幸，然而对我来说，一提到地方赛马，总会有点儿凄凉的感觉。

为了打消这种感觉，我感到非出一趟远门不可了。

有老家可回当然好，

而我既没有名字，也没有父母。

---

1 VAN：日本服装品牌。其夹克衫在20世纪60年代曾风靡整个日本。
2 石津谦介（1911—2005）：时装设计师，人称"男子时装之神"。

赛马的梅菲斯托菲勒斯 [1]

有生以来第一次被人带去看赛马时,基本上都是会买马票的。

人们都说"新手运气好",可是为了这个"新手运气好"而荒废一生的人也不少。

在我周围的马迷中,但凡穷困潦倒的落魄汉,似乎都会怨恨第一次把他带去看赛马的人。

他们埋怨:

"十年前的那一天,要是那家伙没邀我到赛马场去的话,我这辈子也不至于沦落到这般田地。"

而中山赛马场周围原野那条"穷光蛋大道"上,有人口袋里塞着空空如也的钱包,一边模仿美空云雀[2]的腔调哼着歌,一边独自扫兴地往回走。

别想赢,想赢就会输。

输了也不亏,我心中……

---

1 梅菲斯托菲勒斯:浮士德传说中的恶魔。他让浮士德缔结出卖灵魂的契约,代价是为浮士德的快乐服务。
2 美空云雀(1937—1989):日本歌手、演员,原名加藤和枝。

可是，据说也有些人喜欢带新手去赛马场。

这些人是梅菲斯托菲勒斯般的恶魔，他们把那些平时一本正经的工薪族带到赛马场，用付给他们的中彩奖金交换他们的灵魂。

我也是其中的一个。我的朋友古川益雄等人更是赛马恶魔中的佼佼者，他甜言蜜语地向不懂赛马的男女"灌输赛马的魅力"。他坐在克莱斯勒的顶级大轿车上，戴着黑礼帽，叼着雪茄。他身材高大，年龄不详，但肯定已经四十出头。他是演出公司的总经理，换个说法，也可称其为现代的"人贩子"。

谈论赌博的时候，他总是那么眉飞色舞；参加赌博的时候，就更加兴高采烈了。

我非常喜欢他，知道几件他的逸闻趣事。

譬如，战后经济萧条的时候，他在赛马场当"解说手"。

"解说手"的营生与"猜号手"正相反。他不是在马赛前预测将要开始的比赛，而是在比赛结束后解说某某马落败的原因。他凭着音乐学院出身的教养和得体的西装，煞有介事地解说比赛结果，马迷们被他的能言善辩折服，纷纷向他请教下一场比赛将会如何。

于是，他便写出下一场比赛的"结果"交给马迷们。

给出的"结果"当然有蒙不对的时候，但他那天生的儒雅风度和稳重的谈吐举止，还是引来了更多的马迷。他就是靠自己的口若悬河换来收入养活全家的，所以他不是马迷，而是专业赌马人。民营电台开业以后不久，他又去当了 ABC 广播电台的乐队指挥。

搞音乐原来就是他的本职工作，现在不过是东山再起而已。可是他怎么也提不起拿指挥棒的兴趣，据说他指挥乐队时拿着的是以前用来预测赛马结果的红铅笔。

我没有听过他指挥的演奏，但拿着预测赛马结果的红铅笔指挥出来的交响乐，想必会给人以恶魔般的音乐感受吧。

如果看作一个抽身离开艺术的人对艺术的复仇，他这个逸闻可谓感人至深。

却说过了很久之后，我又遇到那个古川益雄，就跟他一起去名古屋看中京赛马了。

去地方赛马场的好处，是在那里还能够买得着押注比赛前两名的连胜单式马票[1]，而且在场内还不会遇见熟人。我们并不忌讳被人认出来，不过也学着别人戴上了墨镜。我们一行六人，同去的还有手执西式拐杖的爵士歌手古谷充，大阪的人气电吉他乐队"林德"的经理加藤宏（他才二十岁，却留着山羊胡子），爵士乐钢琴手大塚善章。

加藤、古谷和大塚这三人本来不想看赛马，是被拉来的"新手"。他们三人都属于古川益雄的演出公司，既然总经理下了命令，他们也不得不来。他们有生以来第一次翻看着"赛马报"，一脸不情愿地跟着我们。

"我就押'港口乐园'（Minato Park）和'晴代小姐'（Miss

---

[1] 日本中央赛马曾中断出售这种马票，2002 年才又恢复出售。

Haruyo）。

"这两个名字的英文缩写连在一起也是 M.M,

"既然我是玛丽莲·梦露的粉丝,那就押这两匹马吧。"[1]

正说着,旁边有辆跑车里下来一个姑娘。不知是谁瞥了一眼那辆车,说道:

"车牌是 4253 呀……行!就押'4 号马/2 号马'和'5 号马/3 号马'吧。"

我们一边说着,一边乱哄哄地拥进赛马场,大家都先买了阿拉伯马特别障碍赛的马票[2]。结果中彩的是半专业的山形和我,而幸运并没有眷顾他们几个新手。

我虽然一开始赢了,最后还是输光了所有的钱。只有山形靠两张特别马票中了彩,赚了十六万日元。我安慰那三个新手说:"还好你们没中彩!"

赢了十六万日元的山形被我们大家狠狠敲了一顿竹杠:我们坐着克莱斯勒轿车,花八个钟头从名古屋一路游玩桑名、奈良、和歌山,最后朝大阪开去。一到大阪,古川益雄提出还要玩老虎机,于是大家在游乐中心又赌了一场。最后好不容易到夜总会"B……"去喘口气时,已经是凌晨三点了。

凌晨三点的"B……"烟雾腾腾,几个醉汉人叠人似

---

[1] 美国影星玛丽莲·梦露(Marilyn Monroe,1926—1962)名字的英语缩写亦为"M.M"。
[2] 特别马票:指售价 1000 日元的马票。

的倒在狭窄的地毯上。吸食海米那[1]之后梦魇附体的姑娘、黑人、混血男子、夜总会女招待……店堂里面拥挤不堪。再加上难得来日本的MJQ[2]的米尔特·杰克逊[3]和康尼·凯[4]正趁着醉意伤感地曼声吟唱,连空气都令人感到窒息。我们找不到坐得下来的旮旯,被挤得只好站在墙边。

"爵士乐被这帮家伙搞得越来越不像样!"古川益雄说,"奇科·汉密尔顿[5]和约翰·路易斯[6]弄出来的爵士乐不三不四的……"

米尔特·杰克逊还在矫揉造作地唱着。古川益雄终于忍不住吆喝道:

"喂,咱们也来一曲赛马归来的爵士乐让他们听听!"

于是,加藤弹吉他,大塚弹钢琴,再加上古谷的长笛和歌声,他们向MJQ发起了挑战。当他们大胆奏出不堪入耳的乐声时,MJQ们皱起了眉头。

"再来一个!""再来一个!"

客人们兴致越来越高,打着拍子一起唱起来。有人开始跺地板,MJQ也再次放开了歌喉。

就在这你一歌我一曲的欢唱中,天亮了。直到六点

---

[1] 海米那:一种催眠药物,常被作为迷幻药服用。
[2] MJQ:美国现代爵士四重奏乐队。
[3] 米尔特·杰克逊(Milt Jackson,1923—1999):美国爵士乐电颤琴演奏家。
[4] 康尼·凯(Connie Kay,1927—1994):美国爵士乐组合鼓演奏家。
[5] 奇科·汉密尔顿(Chico Hamilton,1921—2013):美国爵士乐鼓手,乐队队长。
[6] 约翰·路易斯(John Lewis,1920—2001):美国爵士乐钢琴演奏家。

多的时候,我们才回到旅店。

我倚在遮阳篷下的枕边写了一首短短的歌词,这是我自己对古川益雄人生哲学的一点儿感悟:

> 假如唯有告别是人生,
> 还会来的春天是什么?
> 那天涯海角盛开的
> 到底是什么花呀?

啊，日本海

在我的少年时代，青森很流行业余相扑。尤其受欢迎的力士是日本海和若凑。

当时贫穷的农村里，农民家的二儿子、三儿子如果想出名，就得去当相扑力士或是民谣歌手。

身材高大的农家子弟偷偷做着当相扑力士的梦，嗓子不错的则动辄对着昏暗的海峡吼一通"弥三郎调"或是"常嘎拉调"。其他没这些特长的年轻人只能趁早死了这份心，要不给人去当养子或长工，要不只能离乡背井上东京去打工。

我叔叔嗓子好，想当民谣歌手，就将一把三味线打在包裹里远走高飞了。

是我把他送到火车站的。

那天晚上下着暴风雪，火车还得等一会儿才到站，于是他在月台上唱了一曲本地民谣给我听：

> 洋面上的海鸥要是会说话，
> 就请它为咱们来传递消息……

听说这个叔叔后来没当上歌手，现如今好像在钏路的娱乐街表演淫词艳曲。记得有一次我从报上看到他因为犯猥亵罪[1]被警察抓起来的消息后，还满怀思念地写了一封信去勉励他振作起来。

这已经是十年以前的老话了。

关于日本海，我还记得他战争时期的那些事。

他是我们家乡的英雄。

他虽说是业余相扑力士，但是比起当时专业相扑的名人大里万助和人称猛牛的镜岩善四郎来说更受欢迎。据说他是个不折不扣的吃软饭的男人，娶了个白菊美容院的女人，一有空就到神社去练习相扑。

不过，我并没有亲眼看到过日本海的相扑。这些事都是听母亲说的。

因为日本海的全盛时期是我出生前的1932年、1933年前后，所以等到我们这代人谈论起日本海时，他已经只是个传说中的人物了。

我在少年时代之所以会对这个游手好闲的业余相扑力士感兴趣，首先是因为他的名字。

当时我心想："为什么他不叫太平洋，要叫日本海呢？太平洋不是比日本海辽阔壮观得多吗？"

不过，在我进中学后独自到津轻半岛去旅行时，这

---

[1] 猥亵罪：日本刑法规定的公开猥亵罪、猥亵物散布罪、强制猥亵罪等的总称。

个疑团似乎揭开了。

大概凡是面对阴云密布的津轻海峡看过大海的人都知道，日本海的冬天简直就是地狱。那是一片满怀悲愤的反叛的海。

当年青森有个说话结巴、患有红脸恐怖症[1]的少年，竟然跳进冬天的日本海自杀了。

这种悲剧之所以发生在穷乡僻壤的少年身上，是因为受到歧视的他们在人生开始之前就丧失了自信。

据说日本海的身高不足五尺五寸[2]，作为相扑力士来说，算是小个子。

人们还说他是个对社会主义颇感兴趣的"小巷政治家"。他死于战后，死得颇具戏剧性，是被黑道的人用厚刃菜刀砍死的。

据说那天有个素来不和的当地头面人物设宴邀请他吃饭，他便吃得放松了警惕，结果在方便之后从厕所里出来时被人用厚刃菜刀砍死了。

这件事发生在1946年，那时已是战后了。

自从他死了以后，业余相扑的人气每况愈下，到了今天，少年中已经没人想搞这种乡下的相扑了。

现代相扑已经大型化，如果没有一米七几、一米八

---

[1] 红脸恐怖症：一种精神病症。这种病的患者羞于见人，会过分在意他人的一切言行举止，从而感到焦虑不安，无法自如地与人交往。
[2] 1891年至1958年，作为日本尺贯法基本单位的曲尺1尺为10米的1/33（约为30.3厘米）。

几的个头,就别指望能挑战最高三个等级的位子。现在已经鲜少听到相扑比赛中小个子把大个子甩出圈外的事了,肉体文明已开始一步一步地稳固自己的地位。

小个子的横纲[1]枥乃海[2]虽然也跟日本海一样是青森人,但他当上横纲后成绩就完全不行了。

大概再也无法看到小个子日本人代替我们打败彪形大汉的一幕了吧?

> 到他跟前去解释的时候,
> 他那高大的身躯真可恶。

这首短歌不是石川啄木作的,不过时至今日,是不是只有在这首短歌中,小个子相扑力士的粉丝们才能找到足以宽慰自己的世界?或许是吧。

因为要想让小个子战胜大个子,小个子就必须比大个子"不幸"。这是一条铁律。

角逐的世界中最强大的武器就是"不幸"。这种"不幸"会转变成"非胜不可"的力量。

这种"不幸"在日本海的时代是有的。以日本海而言,他有绝当不成媒体明星的低人一等的"不幸",有对自己是个东北人而感到自卑的"不幸",有自己身材矮小的不幸,有自己相信的政治观念始终与体制相反的"不幸"。

---

[1] 横纲:相扑力士的最高等级。
[2] 枥乃海:指曾获得第49代横纲称号的相扑力士枥乃海晃嘉。

而这些"不幸"成就了日本海的强大,也成就了同时代的我们的力量。

然而枥乃海的情况则不一样。

他是幸福的家庭剧时代的成功者。也许至少在成为横纲之前,他那贫寒的身世变成了他的武器。但是当成为人人羡慕的横纲称雄天下时,他便失去了自己的理想,被迫只为了维持现状而应对挑战。

一个是过早获得人生幸福的枥乃海,一个是至死没能走进"阳光灿烂的地方"的日本海。

从这两个"海"不同的境遇中,我感受到了我们这个时代残酷角逐的理想。令人感到凄凉的是,我们这个时代已经不需要枥乃海了。

再见了,枥乃海。

第二个日本海啊,你现身吧!

但是,日本海只有一个遗孤。

他在青森开了一家寿司店,店名用的就是父亲参加相扑比赛时的艺名"日本海"。

"你是什么时候开这家店的?"

听了我的问话,他的回答倒像是传承了父亲的反抗个性:

"是在肯尼迪被杀的那一天啊。"

说完,就呵呵地笑了。

栗富士今何在

我妈妈有两个名字。

一个叫初,一个叫秀子。

我原来不知道这件事。后来上小学的时候,有一天看了放在抽屉里的户籍誊本,才发现她还有个"初"的名字。我心里很苦闷:这么说,我难道是领来的养子?

当时我很爱看西条八十[1]的纯情诗集。有一天夜里突然醒来,我望着妈妈的睡脸心想:"假如这个人不是我妈妈,那我的亲生母亲在哪里呢?"听着津轻海峡潮涌潮退的涛声,我感到心里痛苦极了。

然而不久以后,我得知"初"原来是妈妈的本名,因为觉得这名字太土,才改成了秀子。但我不仅没有因此放下心来,反而感到有点儿失望。

"现实中的人生是无法像纯情诗集那样浪漫的。"我心想。

那时候,我脸上已经长出了青春痘,脚腕也长得有点儿像大人那样了。

可是妈妈改名这件事始终是我放不下的一块极大的心病。因为"改名"显然说明这个人有"改变身份"的愿望,

---

[1] 西条八十(1892—1970):日本诗人、作词家、法国文学研究家。

它反映出此人期盼"到世上另一个地方去"的心理。

假如在一个老少和睦的幸福家庭里,有一天突然有谁提出"我想改个名字",那么其他家庭成员势必都想知道这个要改名字的人有什么不满。

而如果此人说不出任何理由的话,大家也许会劝阻道:"别干这种事。"因为至少他们都认为改名是不幸者才会做的事,是为了"摆脱自我"而采取的手段。

这件很久前的往事在心中挥之不去,不能归咎于廉价酒使我喝得醉醺醺,也不能埋怨投币式唱机里西田佐知子[1]感伤的歌声唤起了我的共鸣。

要怪就得怪赛马场开价一百五十万元赌注的那场令人备感乏味的马赛。

3月26日,新宿的酒馆。

那天搞私营赌马买卖的阿新向我推销十二场马赛的赌马票。我没要他的赌马票,而是特地到赛马场去买来了押注丸时雄的马票。

"丸时雄是时功生的马驹,就是时皇后的弟弟嘛,"我说,"这个血统再纯不过了。而那匹与它对抗呼声很高的菅谷誉呢,连名字都没听到过。"

人们判断丸时雄赢得过菅谷誉的根据,就是在于它拥有很好的血统。

到了正式比赛开始角逐后,当跑过三圈进入第四圈的时候,只剩下丸时雄和菅谷誉两匹马在前面角逐了。

---

[1] 西田佐知子:日本歌手,原名关口佐知子。

到了最后直线冲刺阶段，丸时雄越跑越快，领先菅谷誉四个马身冲过终点获胜。我和其他押注这匹马的人也都因此小有斩获。

这样的结果当然好，可是我心中忽然掠过一丝狐疑，丸时雄的母系祖先中，真有一匹叫年藤的母马吗？

有些马的身世仍然存在未解的谜团。譬如目白菩萨有个叫横滨的母系祖先，它没有血统书，让人无法知道是否出身名门。而那匹叫年藤的马或许以前也曾是匹很有名的马。

于是我迅速回到家里，抽出赛马年表一看，上面各次马赛出场名单中竟然都找不到"年藤"这个名字。

我心里觉得奇怪，就又去查阅相关"血统家谱"，结果发现了一条出乎意料的记载：

"年藤：原名栗富士（德比赛获胜的母马）。"

没有一个马迷不记得栗富士那匹名马，可它为什么要改名呢？

栗富士已经可以算是一匹幸福的马了，我不知道这样的马是否也有什么"必须改头换面避人耳目"的原因。

不过，将竞技马转为繁殖用种马后改掉名字的情况倒不少。

虽然没有《寻母三千里》[1]那么曲折，可我也听说过一

---

[1] 《寻母三千里》：富士电视台1976年放映的根据意大利作家埃德蒙多·德·亚米契斯（1846—1908）原作改编的电视动画片。

个痴迷于白富士的马迷的故事。此人一直盼望白富士生的马驹有一天能扬威赛马场,决心到了那一天才会停止赌马。

他扬言:"要是白富士的孩子上场,我就买十万日元马票押注,不管输赢,都就此洗手不干,告别赌马。"

那次在酒馆里与他不期而遇时,他已喝得酩酊大醉。只听他伤感地回忆了一段白富士的往事后说道:

"我看赛马开始于白富士,也得终止于白富士。"

于是我告诉他:"白富士的儿子现在不是经常上场的嘛。"

一听我的话,他脸上顿时一扫醉意,追问道:"那匹马叫什么名字?"

"大海呀。"我回答。

"大海?那不是凯迪拉克的孩子吗?"他问。

"凯迪拉克是白富士后来改的名字啊。"我对他解释道。这一来,他勃然大怒,将玻璃杯猛地扔到长柜台上,吼道:

"这个浑蛋!竟然骗了我!"

日本赛马法第九条第二款的"轻种马[1]登录规定":"办理过中央赛马之马名登录的马匹使用该马名,未办理过马名登录的马匹使用预备登录马名。"

---

1 轻种马:马的种别之一。在日本一般指阿拉伯马、英阿混血马、杂种阿拉伯马、英阿混血系列的马。

但又补充规定:"当具有获得认可的特殊理由时,则不受此规定限制。"结果,这个"特殊理由"泛滥开来,为母马改名字的情况也就越来越多了。

可这些马又不是什么抛弃家庭与野男人私奔的母亲,有什么"特殊理由"非得把栗富士、白富士的名字改掉呢?

因为马的名字不是马主的财产,而是属于马自己的,同时也是属于马迷的。

有些离家出走的不幸女人不得不隐姓埋名藏匿起来,而我只是希望不要逼迫这些马也遭遇她们那样的命运。

地方赛马中也有同样的情况发生。因为按照地方赛马的规定,"当马主发生变更时,马名也可随之变更"。

这一来,恰如东京大剧场的歌星一旦星光消逝沦为江湖艺人时便会改名换姓一样,"飞鸟"就变成"荣光山"(是"荣光惨"的意思吗?),"铁王"也就变成"铁流"了。

然而,母亲无论多么落魄潦倒,仍然是那个母亲。同理,栗富士也仍然是那个栗富士。

我衷心希望修改赛马法,创造出一个绝不允许擅改马名的幸福环境。

屠宰场的英雄

我到芝浦的屠宰场去过,看到过将要被剁成马肉的马。

那些马全都一脸悲伤,知道自己死期将至。

九岁、十岁的老马(或许也有将近二十岁的)被拴在昏暗的小屋子里,排队等着赴死。

中央赛马会旗下马厩里温暖的稻草堆上,那些与它们同代的马正享受着日复一日的荣光。相比之下,我无法不感到眼前这些马是何等"不幸"。

说得出它们究竟犯了什么罪吗?

或许它们并未违反过"马社会"的任何一条清规戒律吧。

  闪烁的流星
  浑身燃烧着投向北极。
  姓甚名谁?
  其名唤作网走番外地。

这是高仓健歌中唱到的网走番外地[1]。

少年时代，我曾经隔着监狱的混凝土围墙向里面窥视过几次。

看到过犯重罪的犯人在向阳的地方读书，或是做棒球的投接球练习。

我问父亲："那些人都会被处死吗？"

父亲笑着告诉我："关在那里面的，都是没判死刑的人。"

北国的冬日，天暗得很早。

白雪覆盖着监狱的围墙和房顶，像是要为他们洗净罪孽。

每当想到那些犯人的未来，我幼小的心灵都觉得疼痛。

《圣经·约伯记》有一章提到了"黑夜挖穿房屋的盗贼"，说他们"并不认识光，早晨对它们如同死荫"。

只要有审判，罪人就会被治罪，当然也就有人会被处死。

但人是不会被吃掉的。即便是杀害幼童吉展的犯人小原保，被处死后也得到了妥善安葬。

这样的境遇与马所受到的待遇大不相同。剁成肉块的马肉又被称作樱肉[2]，它被放在锅里与豆酱一起咕嘟咕

---
1 《网走番外地》为1965年公映的电影，由东映制片公司摄制，高仓健主演并演唱主题歌。
2 源于马肉颜色是樱花色。

嘟地煮成菜肴，供人们食用。

即使是那些将要被剁成马肉的马，或许也还有另一种"人生"在等着它们。

三月末在马事公苑[1]举行的东都学生自有马比赛中，一匹叫作幸早的马获得了障碍跨越赛的优胜。

这匹马有个秘密，知道秘密的只有东京农工大学的骑手尾崎彻和他几个朋友。

这几个知道秘密的人只要一想起幸早那坎坷的命运，便会感慨万分。

其实，幸早原来是在芝浦屠宰场等着被宰的一匹马。

五年前的1962年12月31日，东京农工大学的马术队员们来到了芝浦屠宰场。

紧接着，一匹马在眼看就要被剁成马肉的时候被救了下来。

由于它原是一匹死到临头的马，所以大家为它起名叫幸早，祝它事事如意，早得幸福。

然而正因为是这种来路的马，所以对它的马龄、身世、经历一点儿都不了解。除了估计这是匹农耕马之外，也无法判断它是阿拉伯马还是混血马。

事情发生在12月31日这一点也很有意思。如果那时已过了年的话，这匹幸早想必早就变成每百克售价一百日元以下的肉块了吧。

---

1 马事公苑：日本中央赛马会经营的进行各种竞技马普及活动的公园，位于东京都世田谷区。

穷兮兮的农工大学马术俱乐部买来这匹便宜的马后，完全靠学生们自己开始了对它的调教。

他们的宗旨是"爱护它""不勉强它""不让它受伤"和"每天骑它"。于是，这匹农耕马出身的马虽算不上"知恩图报"，却也迅速成长得让人刮目相看。

它从第二年开始参赛后，便陆续进入获奖名次，终于在这次比赛中夺得了桂冠。

"不让它受伤""不勉强它"……就是按照这个方针，学生们在绿草坪上训练着这匹虎口余生的马……这个生动的插曲仿佛就在我眼前。

也许谁都没有想过，这匹马没准曾经就是中央赛马的明星。

譬如那匹曾经称雄德比赛的叫作海草的马，假如还活着的话，应该已经二十四岁了。但它在战争结束时的混乱中失踪，至今仍下落不明。

传说海草已到外地农村去拉马车，正怨恨地耷拉着唾液诅咒这个不幸的时代；还传说它早已变成饭店里盖浇饭的浇头被人吃掉了……每当听到这些话，我就会想到那些不是"幸早"而是"幸无"的马，不能不为那些被幸运抛弃的马感到悲哀。实际上，海草的主人有松铁三和调教师铃木甚吉已经辞世，现在已经没有还记得海草的证人了。

我想起了那天在芝浦屠宰场目睹的场景。

谁能断言，等着被剁成马肉的马匹中，那些曾经的赛马英雄还未显出龙钟老态?

同样,谁又能断言,生来不被看好的混血农耕马中,就没有具备潜在赛马天赋的马?

我有一本皮封面镶金字的《英阿混血马血统一览》。上面按照每匹马的父系母系,分别详细记载着每一位祖先的马名和这些祖先获得的荣誉。这种血统甚至能够追溯到几百年前。

然而我呢?我连自己父亲的相貌都记不清了,父亲一生工资的总额(相当于马获得的奖金)当然也计算不出来。

由于既非名门之后亦非士族子嗣,我对于祖父之前祖先的血统一无所知。

听说母亲小时候由于生身父母未给她这个私生女报户口,结果她被别家领走,最终对自己生母的名字和长相也不得而知。

至于我的父亲,记得他常带着一把手枪。他是青森的刑警,我长到五岁之前他还活着。

他上衣内袋里总是藏着那把手枪。

有一次我指着快要下雪的天空央求他:"你打一只老鹰给我看看吧。"

他回答说:"老鹰是打不着的。"

我又问他:"那你老带着手枪是为了打什么?"

父亲尴尬片刻,怏怏答道:"其实是用来打人的。"

虽然我已经忘了父亲的长相,但"是用来打人的"那句话却没有忘记。

会被他打的到底是什么样的人啊?

从那一块马肉的荣光中,我感觉到了出身贫寒者的复仇。

因为出身于世家、名门便能获得回报的现象并非仅存在于萨拉布莱德竞技马的世界,我们的社会也是同然。

然而,只谈血统问题似乎颇带有宿命的性质,血统问题是无论如何也无法靠本人的力量改变得了的。大凡混血马出身的竞技马首次参赛时,我始终无一例外为其慷慨解囊以示祝贺。

而从玛丽莲·梦露那种出身于"血统不纯"家庭的明星身上,我会感受到一种不可言传的亲切。

或许现在的芝浦屠宰场里,还有由于出身贫寒而将带着天赋才能等待被剁成肉块的马存在吧。只要一想到这里,我心里就无法平静下来。

诸位,从今天起,我们都别再吃马肉了!

棒球少年哀歌

我少年时代吹过口琴。

由于被人看见会难为情,所以我经常在厕所里吹。吹的总是《谁不思故乡》一首曲子。

"你这个怪孩子,"我婶子说,"什么《谁不思故乡》?你不是好好地在故乡待着吗?"

看来这首歌多半是那些离乡背井的人唱的。

婶子把歌词教给了我:

谁的声音在远远地呼唤?
我一次次梦见两小无猜的玩伴。
啊,谁不思故乡!

可不知为什么,我还是没法不吹这首曲子。

我心想:"自己现在虽然住在这座叫青森的城市里,但没准是还在襁褓之中时就被领养到这里来的。这个世界的什么地方,大概一定有我真正的故乡。"

透过高中厕所窗子仰望八甲田山上清澈明亮的蓝天,我遐想着还没见过的故乡,不停地吹着这首曲子。吹呀吹呀，什么女同学的丰腴腰身，那些个荒诞的性幻想，还有托洛茨基、E.H.卡尔[1]什么的政治书，都忘记得一干二净，我感到脑子又变得像孩子般空空如也了。

有一天整理小阁楼，上边除了堆着立领旧学生装、日记本，还有一个收获苹果时用的木箱。看到木箱最下面放着的一包破烂和那支口琴，我旧情重燃，又想吹吹口琴了。

可是口琴生满了锈，一吹就让人兴致全无。而且口琴孔中还卡着一块什么金属。

仔细一看，那卡着的东西是个比图钉大一点儿的徽章。

到底是什么玩意儿啊？想了一会儿，我才记起来。

那是"少年巨人队之会"的胸章。

因为我在少年时代是个巨人队的粉丝。

要是说起那个时代巨人队的情况，我可谓如数家珍。三原脩和水原茂1950年前后都在巨人队里，三原担任总教练，水原是教练。

投手有人称"火球"的别所毅彦，滑行曲线球好手藤本英雄、左撇子中尾硕志；接手有那个人称阿铁的藤原铁之助和长着一张驴脸的内堀保。

还有外号猛牛的千叶茂、使用红球棍的川上哲治、从阪急转回来的青天升、原来姓吴后来改姓荻原的中国

---

[1] E.H.卡尔（Edward Hallett Carr，1892—1982）：英国历史学家、政治学家、外交官爱德华·霍列特·卡尔。

人、三垒手山川武范、人称"围墙边魔术师"的平山菊二等,也都集中在巨人队里。

我把自己少年时代的英雄梦全寄托在巨人队的球星们身上了。

然而,与其他的圈子一样,棒球圈子里也是有阴暗面的。

昨天飞机上看到的体育报那篇新闻报道,就如同一首理想被彻底摧毁的棒球少年哀歌。

职业棒球开幕热潮背后的这首哀歌,其实只是微不足道的一支小插曲。

而且,如果为这种司空见惯的家常便饭费神的话,那不管有多少心脏都是不够用的。

【签约选手公告】南海鹰队投手杉浦忠(30岁):身高176厘米,体重71公斤,右投右打,立教大学毕业,后背号码21。

又记:难波孝将投手同时转为任意引退选手。

公告的主角就是这个叫作难波孝将的十八岁少年。

难波孝将十六岁成为职业棒球选手,父亲是在西服店搞旧衣翻新的难波义勇。

由于家境贫寒,母亲茂乃也在医院当供餐员。

难波孝将刚念完初中就进了大阪造船厂，但因为不愿到实习地去上班又辞了职。

接下来他考进南海鹰队，一下子成了每月净入一万四千日元的职业棒球预备队员。

一米七八的身高，七十五公斤的体重，想必这样的身体条件足以让南海鹰队对其寄予希望了。

一年后的今年，他作为投手，名字已排进南海鹰队选手名单的最后一个位置，身价也跳升到了月薪四万日元。

他置身南海鹰队五十名选手中，开始穿着队服进行自由击球练习。

他向在医院当供餐员的母亲报喜，称这段日子是"我一生中最好的春天"。

可是突然有一天，球队决定让伤愈的杉浦归队了。公开赛中南海鹰队投手们表现不佳，杉浦本人恢复了自信……大概这些因素的叠加促使球队做出了让杉浦归队的决定。

虽然"何时让他上场尚未确定"，但球队确定的意向是不仅让杉浦当教练，还要"让他作为选手登记在案"。

这意味着，如果杉浦归队的话，那么赛季开始前已被登记在案的五十名选手中，必须有一人被撤销登记。

因为"签约选手限额"是（根据另一球队的所有人永田雅一的提议）从今年开始实行的规定。

球队把心中充满希望的难波叫来，通知他说：

"因为杉浦要回来,用不着你了,从明天起你就去管用具吧。"

50+1与50-1——这个单纯的人事数字将棒球少年的理想瞬间击得粉碎。

那家体育报的记者对限额选手制激烈抨击。他指出:就算把难波少年这个级别两三个人的经费(旅费和餐饮费)节约下来,也还不到明星选手报酬的区区百分之三。

大概可以说,这是棒球商人借"合理化"之名,像处理"商品"一样将人进行买卖。"签约选手限额制"会导致非人道性愈演愈甚。

看着这张体育报,我对该记者的观点完全赞同。

一个正"高兴地等待赛季到来"的已登记选手,没犯任何错误,也还没上场,却被球队告知"用不着你了,你去管用具吧"。这样的球队反而令人感受到,充满矛盾的商业棒球是无法实现现代化的。

和平牌香烟一盒只能装十支烟,第十一支烟是装不进香烟盒里去的。

但人不是和平牌香烟,决不是随心所欲拿进拿出后积压的物品。

日本职业棒球的最高负责人尽管能够解雇一个无名选手,但不可能解雇那个少年的理想。

经营合理化尽管能将(本赛季解雇的一百二十名)选手从替补席上驱逐,但他们的理想现在仍然坚守在替补席上,他们仍然在向往着另一个故乡、另一个棒球的理想。这种向往是无法驱逐的。

  谁的声音在远远地呼唤?
  我一次次梦见两小无猜的玩伴。
  啊,谁不思故乡!

空想 KO[1] 比赛之卷

我以前很喜欢弗兰克·辛纳屈。每次听辛纳屈唱的《唯一就是孤独》(Only Is Lonely),心口都会不知不觉感到一阵悸动。

因为我想起了十五六年前的母亲。

母亲虽然不是"唯一",但她在美军军营里干活。

难得入夜后回来,仔细看过我这个小学生的睡脸,她总是要照镜子。

人到中年,脸上已显出皱纹,虽然涂着稀稀拉拉的白粉,也绝对谈不上"漂亮",但母亲还是喜欢照镜子。

三泽市的廉价公寓。

楼梯底下的房间里,母亲操着洋泾浜英语唱起辛纳屈的歌:

Only is lonely, Only is lonely…
(唯一就是孤独,唯一就是孤独……)

然而比唯一更加孤独的,大概是无法成为唯一的女

---

[1] KO:拳击术语,意为将对手击昏或击倒获胜。

人吧。母亲不知为何总给我爱流泪的感觉。

那时候,我想要当个拳击手,刚投师到训练基地的拳击练习场。

以前我是个热衷于收集邮票的腼腆少年,希望长大以后能成为优秀的飞碟射击手。

可是自从向基地旁边那个爵士乐队的瞎子钢琴手借阅了弗兰克·辛纳屈传记之后,人生观就改变了。

我贪婪地读着辛纳屈的传记。

辛纳屈出生在新泽西州的贫民区,一家人是来自西西里岛的移民,他父亲好像是最轻量级的拳击手。

但他退出拳坛后开了一家小酒馆,一大早就陶醉在酒精之中,少年辛纳屈从未从他那里得到过关心。

还是多米尼克·卡拉贝朗蒂叔叔教给辛纳屈如何"偷腥"、如何弹尤克里里琴、如何打拳击的。

其实,刚开始练习拳击时,我的情绪与辛纳屈有不少相似的地方。我父亲是个警察,他在我五岁的时候应征去服兵役,从此之后就再也没有回来。做酒水生意的母亲也没关心过我。我跟几个伙伴结成专干坏事的团伙,小街上的运动用具店和书店成了攻击对象,有时我们偷了东西就拼命逃走。

我的拳击(跟辛纳屈一样)却无甚进展,我没记住多少拳击技巧,反而学会了不少犯规动作。

譬如,先用手套拇指捅对手眼睛,让他看不见东西,然后趁他发怵的瞬间猛烈进攻。或者用头部反复去蹭对手脸,这样达到的效果比出拳攻击更大。

对于没有父亲的我来说,这些招数与其说是比赛的技巧,倒更让我感到是处世的智慧。

实际上在战后混乱时期活过来的人中,没人不对生存战略仔细琢磨过。

不过,辛纳屈有他的音乐特长,而我没有。这个不同是极为重要的。

我用空想填补了自己没跟音乐交上朋友的那个空间。

我随时随地都在空想。

我对朋友骄傲地说过:

"我是个空想流浪汉。"

这种习性似乎至今仍保持在我身上没有衰退。我经常在酒馆的角落里为人们进行赛马或拳击"虚拟比赛"的"实况转播"。

那些"虚拟比赛"毫无依据,全是靠我主观想象编造的东西,可是醉醺醺的酒友似乎还听得相当入味。

"怎么样?"我问,"要不要给你转播一下 Fighting 原田[1]跟樱井孝雄[2]的比赛?"

女招待爱美吃惊地望着我:

"他们俩比赛?什么时候比啊?"

---

[1] Fighting 原田:原名原田政彦,1962 年成为次最轻量级世界拳王;1965 年又成为最轻量级拳王,并四度成功卫冕。
[2] 樱井孝雄(1941—2012):原为业余拳击选手,后转为职业拳手。1963 年获得全日本业余拳击锦标赛冠军;1964 年获得东京奥运会最轻量级拳击金牌。

"实话告诉你,"我笑着说,"我也不知道比不比。不过,职业的拳击世界冠军和业余的拳击世界冠军进行较量一定很好看,这个比赛不是很值得想象一下的吗?"

酒馆快到关门时间了,店里没有别的客人。天皇奖赛马开幕在即,屋外却一直在下雨。

樱井孝雄转为职业拳手后一直保持着傲人的不败战绩。

而且近来他出拳力量显著增强,竟然 KO 了墨西哥的英雄皮门特尔,这使得他的人气空前高涨。

据说有人走进一家理发店,听到店里七个客人中竟然有六个都在谈论樱井如何强大。特别是没人再像以前那样批评他"体力不够",加上他在东京奥运会上表现出的华美拳技,更显得他的技术几乎到了炉火纯青的地步。

反观原田呢?他好容易击败乔弗雷[1]的第二次挑战,正顽强保卫着自己的世界拳王宝座。

他没像当年击倒莲金铁[2]获得完胜时那样猛攻,但他突然的左勾拳,还有和专事近战的进攻型拳手比赛时频频使用的交叉迎击[3],都将自己精湛的拳法一展无余。

开赛之前就有评论断言:这场原田和樱井的较量将是"今年最精彩的比赛",以至预售票开卖两小时便告

---

1 指巴西拳手艾德·乔弗雷,曾获最轻量级世界拳王称号。
2 莲金铁(1935—1982):泰国职业拳手,原名马拉·西多拔,1960年获得次最轻量级世界拳王称号。
3 交叉迎击:越过对方出拳手臂攻击对方下巴的出拳。

售罄。

按照大多数人的预测，肯定是"樱井依靠技巧，原田凭借重击"。然而据说樱井夸口："恐怕原田打不出什么了不得的重拳吧。"而对手原田也信心十足地扬言："我不喜欢业余出身的拳手，这次比赛要让他领教一下职业拳手的厉害。"

人们原来对比赛结果的预测是六四开，原田略占优势。然而随着对樱井状态良好（特别是他在公开训练中竟然打晕了陪练拳手）的不断宣传，没过多久这种预测就变为不相上下的五五开了。

比赛那天场子里自然座无虚席，装有电视机的咖啡馆也生意兴隆。拳赛从第一回合就直接进入了白热化。

锣声刚响，樱井就猛地纵身一跃，发动了奇袭。

面对这闪电般的攻击，原田先是一愣，但立刻开始以攻对攻地迎战。比赛开始还没到一分钟，两个人就在拳台中央上演了凶猛激烈的对攻。

直到又过了两分钟第一回合结束时，两个人才安定下来，相互轻轻捶了捶对方。对这个回合的得分，主裁判高田给出了 5∶5；一个副裁判也给出了 5∶5；另一个副裁判远山给出的是原田以 5∶4 领先樱井。

进入第二回合，这次轮到原田首先发难了。只见他一个箭步冲上前去，对准樱井眼角就是一击。

樱井好容易躲开这一拳，开始在拳台上东蹦西跳起来，就像是个舞蹈教师。接下来，两个人拉开距离又相互用刺拳试探了一阵。

忽然，樱井想要冲上去猛击原田腹部，被原田闪开后，他自己打了一个踉跄。原田抓住樱井这个瞬间的破绽，不失时机地照准他的太阳穴就是狠狠一拳。樱井下意识地退了两三步，但他紧跟着追上前打出了第二拳、第三拳。

这场比赛实在不过瘾，才打到第二回合的一分十七秒，原田就把樱井 KO 了。

"没什么好奇怪的，"我评论道，"樱井还不可能打倒原田，因为他还没有饿过肚子。而没饿过肚子的拳击手注定是打不倒世界冠军的。"

天皇奖马赛那一天

与生来没看过赛马的朋友塚本邦雄约好去看天皇奖马赛,是在晚上九点。因为到明天早晨还有时间,所以我钻进了浴室。

这时电话铃响了。拿起话筒一听,电话不是什么女人打来的,而是个叫山形的男人,他自称是搞赌博的专家。

"我现在要赌五张牌[1]了,如果您有空,愿不愿意也过来一起玩玩呢?"

我的床上正摊着扑克牌,那是因为刚才无聊得慌,所以一直在独自算卦。可是澡都洗好了,还跟他去玩什么五张牌啊?想到这里,我谢绝了他的邀请,决定一个人上街去。

走进一家常去的酒馆,刚找了个旮旯坐下,就见调酒师和客人正在用打火机赌得起劲。

他们赌的是"连续十次打开这个打火机的盖子,打火机是不是十次都打得着"。

那充满自信拿出打火机的,是店里十八九岁、剃着

---

[1] 五张牌:一种扑克牌游戏。以分到手的五张牌为基础组成不同的牌力,相互比牌力强弱。

GI 发型[1]的调酒师;与他对赌的,是个一身旧西装的中年男子。

我想起了罗尔德·达尔[2]写的短篇小说《南方来人》。

这是一篇残酷的小说。它描写一个身材矮小的男子,嗜赌一生,输光了全部财产,变得身无分文。尽管落到这般田地,他还是无法戒赌,以致把自己的手指都一根一根输掉了。

我觉得眼前这个中年"叔叔"跟那篇小说的主人公很像。

我点了杯"黑尊尼[3]"请他喝,一问,他眨巴着眼睛告诉我,自己的职业是"赌博"。

而且,他不是去正规的赌场赌,而是用汽车车牌号或是倾斜弹球盘[4]跟素不相识的陌生人赌。游戏场的老虎机和克郎球[5]自不必言,就是偶然路过一台开着的电视机,他都要找人赌那电视节目是哪个频道的。他的话让我大吃一惊。

我对他谈起以前看过的赌博书,告诉他:

---

1 GI 发型:GI 为美军士兵之意。GI 发型指美军士兵中流行的一种除了头顶部之外,其余头发全部剃光的发型。
2 罗尔德·达尔(Roald Dahl,1916—1990):英国儿童文学作家、小说家、剧作家,挪威移民后裔。
3 黑尊尼:指瓶上贴着黑商标的苏格兰威士忌"尊尼获加"(Johnnie Walker)。
4 倾斜弹球盘:一种游戏。在稍微倾斜的盘里弹入小球,如果球滚进特定的小孔,就会滚出许多小球。
5 克郎球:一种游戏。用棒推小球,使其通过盘上的钉子之间进洞得分。

"W.麦肯奇在《赌博伦理说》中写道：'赌博包含着赠与、交换、偷盗、抢夺的分子，这些分子看上去显得很类似。'"

"叔叔"一听笑了：

"这种伦理说什么赌博是下级在给上级送钱，是穷人在偷窃抢夺富人，其实完全是颠倒是非。自由自在赌博不是挺好的吗？"

我跟这个"叔叔"在大阪的酒馆一家接一家地轮番喝着，不知不觉天都渐渐亮了。

我们先去了一家名叫"马"（好像是无证经营）的狭小酒吧，里面挂满了赛马照片、骑手服装和各种马玩具。

后来转到一家叫"坟地"的酒馆，白惨惨的店堂里气氛诡异，排列着许多电影明星和政治家的灵位。

我跟"叔叔"就赌博问题进行了针锋相对的争论。

"如果赌博不赌到毁掉自己的人生，那就称不上真正的赌徒。""叔叔"说道。他头上那顶礼帽压得很低，都快遮住眼睛了。

我反驳他说："一张牌就将自己的一生毁灭殆尽，这样的赌徒太不像话了。

"首先，已经无法穿戴整齐的赌徒必输，因为'人靠衣装佛靠金装'嘛。

"所以，尽管精神已经极度崩溃到了不起作用的地步，还是必须保持整洁的外表呀。对不对，'叔'？

"到赛马场去看看就会很明白，那些马票中彩的人全是装束整洁的人噢。"

听了这番话,"叔叔"恨恨地说:

"输了以后的快感,也是博彩的快感之一嘛。也有人是讨厌自己赢的唷。"

"可是,这次的马赛呢?"我故意撩拨他,"你觉得这次天皇奖赛马会上哪匹马会赢?"

"叔叔"一听,脸上阴沉了下来:

"天皇不给人发奖金,倒把奖金发给马呀!"

听完"叔叔"的预测——"大概启斯东会赢"之后,我们在早晨的千日前[1]分手了。

那时我才注意到,这位"叔叔"像是拖着一条腿离开的。

却说,那天塚本邦雄和我到达京都淀[2]的那个赛马场时,已经是下午一点左右了。

塚本邦雄是和歌作家,他写的是诸如"罗密欧洋货店的春装青年塑像没有下半身……别了!青春"之类的现代和歌。

虽说他是以"没有下半身……别了!青春"的感觉来理解西服店男装人体模型的,但我不清楚他自己下半身的活动是否旺盛。

不过,这是他生来第一次看赛马,所以似乎对什么

---

1 千日前:大阪的一个繁华街区。
2 淀:地名,位于京都市伏见区。

都感到新鲜。

重头戏的天皇奖马赛开始前,先要进行另一个"平安特别奖"的马赛,于是我劝他"是不是也押个注"。

"可我什么都不懂啊……"他起先有点儿胆怯,可是忽然又说道,"既然是平安朝[1]冠名的特别奖马赛,那'峰雪''岳岚'这几个有《古今集》[2]韵味的名字不是挺好的吗?"

看了赛马报上的马赛程序,"平安特别奖"马赛出场的还有"礼赞王"那样人气颇高的马。而塚本邦雄说的这两匹马,舆论预测它们获胜的概率都不高。

然而,尽管预测获胜概率不高,但还有"新手运气好"的道理嘛,于是我也在这两匹马上押了注陪他。结果我们竟然押对了注:"岳岚"首先冲线,"峰雪"紧随其后获得第二。我们用两三张马票赢了四万多日元。

"你运气挺好的嘛。"

他一听反而说道:"我心里觉得不舒服,不赌了。"

到了想看的天皇奖马赛开始时,赛马场的厕所里看不到一个人影,因为每个人都不想自己"错过运气"。

我对在看台上不期而遇的新桥游吉[3]说:"今天我押的都是关东马,肯定赢。"

---

[1] 平安朝:日本历史上以平安京(今京都市)为首都的朝代(794年—1185年)。
[2] 《古今集》:即平安朝前期奉旨编撰的和歌集《古今和歌集》。
[3] 新桥游吉:原名马庭胖,作家。写了许多以赛马为题材的小说。

他一听，轻蔑地回了一句："说什么傻话呀！"接着就夸奖起启斯顿和大科特那两匹马来了。

我的心情正像竹越纮子[1]在《东京流浪者》中唱的那样。我觉得，远征马之类离乡背井去奋斗的马在比赛中获胜，才是理所当然的事。

可是那些大阪仔反驳我的观点，嘴里"启斯顿""启斯顿"地说个没完。

启斯顿这个名字，让我想起了周刊杂志上的裸体彩色画页，那上边常登《启斯顿特稿》的专栏。启斯顿这匹马是不错，可是今天用不着它了。正像我预测的那样，"今天是东京的马赢"，马赛获得第一第二名的，是白瑞光和梅野力这两匹关东马。奖金真不少，是马票的十八倍。

"浑蛋！"一个大阪做私营赌马买卖的人叫了起来，"怎么会有这种弄虚作假的马赛？这简直就是熊泽天皇[2]奖啊！"

听着他在背后嚷嚷，我心里却在盘算如何使用这笔奖金。

给她买双新鞋吧！

给那个新的女人也……想到这里，我真想喊"天皇万岁"了。

今年有了个好兆头。

照这样下去，看来传统马赛都能收获颇丰。

1　竹越纮子：日本歌手。
2　熊泽天皇：指自称天皇的熊泽宽道（1889—1966）。

漂泊的邮票

在看得到海的上诹访小旅馆里,我跟旅馆那个男孩谈论着流浪。

"沓挂时次郎[1]带着把腰刀就出远门了,那我要是有一支铅笔,也能去旅行,"男孩子说着笑了,"用铅笔也能杀人吧?"

"铅笔杀不了人,语言倒是能杀人。"我用筷子夹了块盘里的河鱼,告诉他说,"以前的赌徒用腰刀刺人,而现代的英雄是用语言杀人的。因为现在这个世上,大家都只能通过语言跟别人接触的呀。"

男孩一听,神情有点儿古怪起来。也难怪,他自己还没有一种成形的语言(思想)嘛。

我开心地说:

"像我这样写写诗、到处走走,也许可以称作'语言流浪'吧。"

上诹访高原清澈的空气、繁星闪烁的夜空,这样的氛围确能使我开心起来。

---

[1] 沓挂时次郎:长谷川伸于1928年创作的戏剧《沓挂时次郎》中的人物。《沓挂时次郎》后来被八次改编成电影,并于2010年被改编为漫画。

一个人旅行真惬意啊。

大山牧场在山里的高地上，放牧的竞技马在野地里玩耍。

这一带至今还没通电，在"小牧场"过着油灯生活的，只有十二三匹马和四个牧童。

把这个牧场介绍给我的，是船桥"地方赛马"的森调教师。

我先说出森先生的名字，接着请求"让我看看刚生下来的马驹"。于是，为首的牧童石川高兴地把我带进了一座显得有点儿暗的马厩。

马厩里待着阿伯特皇后，睡在它脚旁的马驹看上去像只瘦瘦的小狗。

石川吹了声口哨，稻草堆上的马驹闻声站了起来。

不过说得准确点，我感到它是晃晃悠悠靠着母马直起身子来的。

阿伯特皇后体重五百二十公斤，小阿伯特躲在它身后，惶恐地露出脸来。我看不出它有什么"竞技马血统"的特征，倒觉得它像是个非常害臊的小男孩。

由于培育出了高天原，这个牧场一举成名。

高天原自"地方赛马"起步，曾经毫不逊色地跟来自欧洲的高贵血统名马同场角逐，是我最喜欢的马之一。

高天原虽然已从这里离开，但它的姐姐雾峰还留在牧场里。

据说雾峰这匹马脾气暴躁，经常咬人。

这里还有一匹雾峰与托茨普朗生的三岁马，这匹马对人倒不认生。只要我一吹口哨，就会迎风飘着马毛，从一百多米外向我奔来。

当躺在牧场广袤的草地上跟几匹小马驹玩耍的时候，我感到自己能回想起几乎忘却的许多往事。

马都睡着以后，我爬上比马厩还高的堆肥垛，边弹吉他边跟牧童聊了起来。

"你看那条狗，那也是这个牧场养的吗？"

"那是条野狗，"牧童回答，"是以前这里养的公狗和野生母狗交配后生出来的。起初我们想在牧场里养它，结果它想妈妈，就逃走了。看来它之后都是在山里吃老鼠为生的吧，不过有时会像今天这样下山来。"

"那条母狗也跟它一起来吗？"

"不，不跟它一起来。那条母狗一见到人就会躲藏起来，长得跟狼似的。"

听着他的话，我想起了杰克·伦敦的小说《野性的呼唤》。在那篇小说中，一条家养狗来到冰天雪地的荒野上，血中的野性逐渐甦醒，最终变成了狼，又回归了山林……

男人过着这种朴素单纯的生活，血中的野性或许也会萌动起来吧。我甚至觉得他们会恢复自己的"男子汉气概"，那是一种与大城市中疲于奔命的工薪族全然不同的"男子汉气概"。

望着这个十七八岁牧童晒红的脸,我忽然涌出一股"想在这里住一阵子"的愿望。

我什么东西都喜欢"丢掉"。少年时代就曾丢下爹妈独自乘上过出逃的火车;长大之后丢弃了故乡,又丢开了一同生活的女人。我有时觉得,旅行说来也是对风景的丢却吧。

我之所以喜欢马赛中独自前冲的马,或许是从启斯顿、日本皮洛A那些马的奔跑中,感觉到了它们独自甩开众马时的愧疚。

只有一样我总是收集起来从不丢掉的东西,那就是马的邮票。

我的旅行包里总是放着十年来收集的二百余张有关马的邮票,这些邮票一直没有丢掉。

譬如:这是1942年纳粹德国的赛马邮票;这是灰丝带赛马和希特勒慈善教育基金的单色邮票;这是圣玛丽诺今年刚出的彩色邮票,邮票上戴红帽子的骑手正在迎风策马奔驰……

我对没用过的新邮票不感兴趣,只喜欢用过的旧邮票。

我不是欣赏那些旧邮票的印刷,而是很有兴趣去想象贴那些邮票的信件的内容。

而且,这样一张一张邮票地编织自己的空想,就能排遣掉我独自旅行的寂寞。

我曾经有过一个女人。

她那时在新宿一条小街上的酒馆里工作。我在店里喝到快关门的时候就到外面去，拉起外套立领站着等她。

我们从不打听对方的身世，就这么一起生活了不到一年。有一天夜里她突然没有回来，没给我留下任何字条，就莫名其妙"失踪"了。

记得她眼角下面有颗泪痣，还记得她是北海道人，喜欢吃腌制的海产品。

过了两年之后，意外地收到一封她寄来的道歉信，说她其实有个私生子，当时她突然回乡是因为孩子生了病。

我把那封信看了两遍，立刻识破她是在说谎。因为信不是从北海道寄来的，邮票上盖的是宫崎县[1]的邮戳。

不过，我把那张盖着宫崎县邮戳的邮票浸在水里，将它与信封剥开后洗干净保存了起来。

那是一张纪念制定赛马法的褐色五日元邮票。

---

1 宫崎县：位于日本四岛中最南面的九州地区东南部。

三分三十秒的赌博

一个罪犯向边境逃来,

只要越过边境就安全了。

他走进边境一家杂货店,要了杯咖啡歇歇脚。

如果打开门走出去,外边就是自由的天地。

喝完咖啡,他的目光忽然停在旁边的投币式电唱机上,

那电唱机的曲目中有自己以前很喜欢听的曲子。

他投进一角硬币,仔细听起那首曲子来。

天空变晴了,叽叽喳喳的鸟儿在边境天空飞过。

杀人越货得来的这些钱,用作一辈子的生活享受也绰绰有余。

他陶醉地倾听着那首曲子。

过了一会儿,曲子结束,他站了起来。

这时他才发现,自己身旁站着一个拿手铐的刑警。

他被捕于眼看就要得到自由之时,将被送进再也看不到阳光的水泥高墙之中去。

走到门前,他停下来问店员:

"这首曲子有多长?"

店员回答：

"三分半吧。"

这是我最喜欢的约翰·休斯顿[1]的黑帮电影《夜阑人未静》中的最后一场戏。

罪犯只休息了播放一首曲子的时间。他度过了三分三十秒如同正常人的短暂片刻，却使将自己一生押注于其上的豪赌前功尽弃。

这部电影的观众会想，听这首曲子的代价太大了吧。

因为他们似乎觉得，去量三分半钟的长度与人生的长度相差多少，这种浪费时间的蠢事只有傻瓜才会去干……

可是，我为什么现在会对这部老电影旧情难舍呢？

是不是又想起这部电影里出场的玛丽莲·梦露来了？

当然，也有这个因素。

然而，更重要的，是因为播放一首曲子的三分三十秒时间与即将进行的德比赛有着深刻关系。

三年前的德比赛中，名锤在绿草地上跑完二千四百米赛程花了三分二十八秒七的时间。

这也是德比赛马史上的最快纪录。

前年，真山跑出了稍慢一点儿的三分二十八秒八；去年，启斯顿在欠佳的场地上冒雨跑出了三分三十五秒五。这些成绩都相当于播放一首曲子的时间长度。

---

[1] 约翰·休斯顿（John Huston，1906—1987）：美国电影导演。

无独有偶，弗兰克·辛纳屈唱的那首《芝加哥》也差不多这么长。

> 她出落成招人喜欢的姑娘，
> 逃走时却是孤身一人……

畠山绿[1]唱的这首《出世街道》还是三分半不到一点儿。

把自己的一生押注在一首曲子长的时间上，这就是萨拉布莱德竞技马的宿命。要说它们可悲的话，也确实可悲。

对于人来说（而且是对于平凡的工薪族来说），三分三十秒完全是不足挂齿的时间零头。

他们大部分人生活枯燥，手握大把时间，没有从特殊意义角度来思考"三分三十秒"的习惯。

有部电影名为《有什么好玩的吗？》，那些工薪族正是抱着与这个电影名同样的想法，到处游逛，打打麻将……对他们来说，三分三十秒长的时间只能考虑考虑"要是顺序、庄家定了，按照扔出来的骰子点数得从这儿开始摸牌的话，那我摸进来的牌……"。

用三分三十秒能吃两碗中式面条；用三分三十秒能说服一个姑娘；用三分三十秒能读二十页岩波书店袖珍版的《国家与革命》……但这些不过是日常生活的一部分，

---
[1] 畠山绿：日本演歌歌手，原名千秋绿。

谈不上是用生命押注的惊天豪赌。

然而，我却对用越短时间赌一把的事情越感兴趣。

因为与那种花三天时间才能获知自己此生命运的方法相比，只需花三分钟就能同样达到目的的方法"更有生命力"；这也使人能活生生地感受到那些想匆匆走完一生者的荣光与悲惨。

"今年的德比赛上能跑出什么样的成绩来呢？"一个姓荒的新宿酒馆酒保问我。

"总归在三分三十秒二或三左右吧。"我回答道。

"可是，将军的速度有那么快吗？"他有点不太相信，"我倒觉得，它会比当年的木灵多花点时间，没准会跑三分三十一秒多吧。"

"可是……"我说道，"今年的德比赛一开始的速度就会很快，因为志波早和铁勇、日本皮洛 A 那几匹马会争夺领先地位的。"

这与其说是我对那几匹马的推论，不如说是我对今年德比赛的全盘预测。

综合浅见调教师的作风和志波早的跑法（它在 NHK 杯马赛中拼命奔跑，得了第四名）来看，志波早一开始只会跑在前头。它恐怕肯定会以猛烈的冲刺甩开马群。

对铁勇的跑法，我也做同样判断。

因为在春季特别奖金马赛中，这匹马先是与日本皮洛 A 争相领先，最终战胜了日本皮洛 A；它还曾在比赛中遥遥领先契斯基、奥田比亚斯，最终又加速冲过终点。还有日本皮洛A，它曾经在与那匹叫作丰前希望的关西希望之星在比赛中紧追不舍，最后终于跑到了前头。可以设想它在这次德比赛中会跑出很快的速度。

"只要这些出类拔萃的马参赛，不管它们是输是赢，成绩大都会提高。这是个常识。"我总结道。

因为时间尽管只有播放一首曲子那么短，这短暂的时间却是这些竞技马的生命。

"那么，你觉得比赛会进行得如何？哪匹马会获胜？"他问。

或许在主看台对面的跑道上，日本皮洛A会领先。

如果把那匹美丽的栗色马比作花的话，它就是樱花。

而樱花是不知何时就会凋谢的。

跑到主看台前的时候，发过一回力的日本皮洛A肯定会遭到将军、那须寿它们快如秃鹰般的挑战。

接下来的比赛关键，在于日本皮洛A能否加大步幅提高速度。这其实是比赛开始之前最让人牵肠挂肚的事情。

我认为获胜概率最高的还是日本皮洛A，那匹将军会得第二名。

接下来的第三名可能是契斯基或阿波向前。

由于我很喜欢那匹叫山龙的马，所以也押了注，准备赔点儿钱。

我虽然希望森安弘骑手在德比赛中能够获胜,也对他骑的那须寿寄予希望,不过最终那须寿或许赢不了吧?

以上这些再普通不过的话,就是我对这三分三十秒的预测。

马的性生活白皮书

连日晴空万里,我忽然想到千叶的牧场去转转。

那里有传统风格的御料牧场,有现代经营模式的社台农庄,有美丽得像从童话画册跑出来的新堀牧场,还有这次我要去的下河边牧场——我最喜欢的那匹叫作"勿忘我"的马就在那里。

我跟两三个朋友开着汽车,颠簸在房总半岛中心部高低不平的路面上,一边还谈论着德比马赛。

途中大家决定顺路到中央赛马会的配种所去看看,这个配种所环绕在茂密的树林之中。

配种所里养着嘎尔卡多、塞丹等配种用的公马,它们每天在那里滋补身体、养精蓄锐。

一旦有繁殖用的母马对它们发情,它们就去与母马性交。

"性交"是个很高明的造词,从字面上找不到"艳情"的感觉。

可是同来的一个人说道:

"每天跟不同的对象搞,还能有收入和好东西吃,嘎尔卡多和塞丹真幸福啊。"

就是嘛。连我也想被人种改良协会之类组织买去，过过配种男人的日子了。

一到配种所，就听说我们碰巧赶上所里要给铃观月配种。

说起铃观月，大家都知道那是保田骑的一匹比公马还厉害的出名母马。

进到里面草地上，只见那里竖着一组拴住母马的桩子。

那匹尚是处女的铃观月正背朝我们一动不动地站着。

那里是个洼地，周围密密麻麻长满了猫尾草、红苜蓿之类牧草。

过了一会儿，马倌牵着配种公马塞丹远远地从牧草上走过来了。

一走进洼地，塞丹忽然嘶叫起来。

可是拴在这里的铃观月并没有任何反应。

如果是一匹春心盎然的母马或对异性并不陌生的母种马，早就嘶叫回应了。

虽然就像《古事记》《万叶集》中描绘的那样，爱意生于近在咫尺彼此相闻之地，但铃观月却依然显得像还没开窍似的。

"它这是情窦未开吧？"我问。

牧童却不以为然：

"不，是这匹马太能跑了。拿人来说吧，奥运会选手中不是也很少有多情的可爱女孩吗？咳，比男人厉害的处女都是这副德行！"

原来如此。他说的话好像是有点儿道理。

铃观月以前参加赛马的时候，许多赛马报上的马赛程序里就把它称为"巴御前[1]""厌男痞"。它是兴德斯坦的女儿，骨架长得结结实实，像个腰围八十、臀围九十五的铅球运动员。

过了一会儿，已经走进洼地来的塞丹望着铃观月的屁股，自己的阴茎一点点伸了出来。

那阴茎伸出来七八十厘米长，好像还没有完全勃起。

"塞丹那玩意儿没翘起来嘛。"

听我这么一说，马倌解释道：

"它每天都得这么干呀。要是难得来一次，那玩意儿翘得可厉害了，可每天都得翘，不管什么样的公马也渐渐学会挑挑拣拣了。"

塞丹一边摇动自己七八十厘米长的阴茎，一边绕着铃观月转圈，还不时把脸凑上去闻闻气味。这是马性交前的一种前戏。

铃观月一动不动地任其爱抚，没表现出一点儿情趣。看上去就像个打零工的妓女在出卖贞操，好像在催着嫖客："你快点儿呀！"

过了一会儿，塞丹的阴茎一点一点翘了起来，它从后边向铃观月骑了上去。

---

[1] 巴御前：日本镰仓前期战争小说《平家物语》中的一个女武士。

马倌赶紧跑上前来，帮助塞丹把它那比拳头还大的龟头朝铃观月身体里塞进去。

他这样做也是因为铃观月还是处女，如果是习惯了性交的两匹马，马倌就会听任它们去快快乐乐地交配了。

骑在铃观月身上的塞丹腰部使劲抽动了两三次，过了一回儿就从它身上离开了。

塞丹的阴茎眼看着像阳痿似的软了下来。

马倌向我解释道：

"塞丹有点儿神经质，很在意对方的情绪。而且要是有人盯着看的话，它总是会走神。"

塞丹还在爱抚铃观月，一会儿闻闻它的气味，一会儿把脸靠上去蹭蹭它的背，可铃观月还是没做出什么反应。

这幅情景真能让人联想起中年男子的悲哀。

石坂洋次郎[1]写过这样一首短歌：

> 望着那黝黑光亮的头发，
> 四十岁男人悲泣到天明。

以人的年龄而言，塞丹已经相当于五十多岁了。它那副爱抚铃观月的样子，着实是在出洋相。

1　石坂洋次郎（1900—1986）：日本小说家，代表作《麦子未死》《绿色的山脉》。

没过多久，塞丹的阴茎又开始硬起来了。

这次它自己敏捷地骑到铃观月背上，转动着马嘴蹭着铃观月的鬃毛，腰部也紧贴着铃观月上下抽动起来。

过了一会儿，马倌手拿毛巾跑上前去，嘴里喊着："该走了！该走了！"

于是，履行完义务的塞丹离开了铃观月。我觉得它作为一匹公种马，那样的结束方式颇具恪尽职守的意味，那是种没有情调的结束。

听说图纳索尔那匹早年的英雄马后来担任配种任务时，不管对方多么害臊，多么讨厌自己，都会不由分说地用前腿用力压住母马达到目的。

还听说戴奥莱特在配种时却没完没了地挑逗母马，长时间与母马前戏，一直等到母马吐着粗气无法忍耐的时候，才去完成任务。

马的性生活也是风格各异的，这使我感到很高兴。

如果可能的话，我想去当马的配种导演。

我导演的配种要这样开始：在蓝天下庄严的弥撒曲旋律中，公马与母马见面。

这种具有古典戏剧肃穆威武特征的仪式，或许会成为一种经得起反复欣赏的艺术。

我要让鬃毛上装点着鲜花的母马与蒙面的公马性交。

这种粗野的性交中，蕴含着对现代人不客气的批评，因为这些现代人快要被排斥到性生活之外去了。

如果由人来表演,这样的戏剧必然会被横加指责,只能到小巷里进行不合法的演出;但如由马来表演的话,就会成为精湛的艺术。

这当然绝不单单是阴茎尺寸大小的问题!

一只眼的 J

"一副扑克牌里有四张 J,你知道其中'一只眼的 J'是哪两张吗?"调酒师宍户问我。

那是个雨天。

当时我正坐在酒馆长柜台的角上一个人算卦。

我抬眼望了望宍户,一下子回答不上来了。虽然每天都在玩扑克,可是从来没注意过 J 的眼睛。

"唉,不知道啊,你告诉我吧。"我说。

于是,宍户拿过我的牌一张一张翻着,从中抽出来两张一只眼的 J 给我看。那是红桃 J 和黑桃 J。

我一边听着雨声,一边把那两张 J 仔仔细细看了又看。

一只眼的 J 在用他另一只藏起来的眼睛看什么呢?

我感到这实在是个关乎人生的重大问题。

> 我离乡背井迢迢走千里,
> 为何思念要飞回你身边?

宍户开始播放一张东海林太郎[1]的唱片,嘴里小声嘀

---

1 东海林太郎(1898—1972):日本歌手。

咕了一句:

"马上就是他的周年忌日了……"

"谁的忌日?"我问。

"荻君的忌日啊。"宍户回答道。

我骤然想起了荻君的那些事。荻君也是跟我一样的赛马狂,岁数比我大得多,是个幸存的"七个纽扣"的预科练习生[1]。

他在战争中一只眼睛失明,复员后当过赛马猜号手、拉过皮条、做过汽车推销员、搞过票据诈骗……换了不少职业。我认识他的时候,他跟宍户一样,都在这家酒馆当调酒师。

星期五的晚上,我们只要一翻开赛马报,就会展开热烈的讨论。

他因为自己眼睛的关系,只要有"独眼马"的马票,就必定会买。

譬如,那匹叫越龙的马因为右眼失明,碰到逆时针方向的赛道,就会像瞎子一样跑不快,所以它去中山赛马场参赛时的马票是绝对不能买的,可是荻君却买了它的马票。这完全是个荒唐的投资。

"睁着的那只眼只看得见现实,可是瞎掉的那只眼连虚幻也看得见。"

---

[1] 预科练习生:二战中日本海军飞行预科练习生的略称。"七个纽扣"指其制服上带樱花与船锚图案的七个纽扣,后被用来指代海军飞行科练习生。

这是荻君常挂在嘴上的一句话。

在一只眼的马中,荻君买过不少秋龙的马票,经常领跑的斯丹达德的马票也买过许多。然而,只靠一只眼睛成大器的马是不存在的,所以看来他大多数时候都赔了钱。

斯丹达德那样的马由于一只眼睛看不见,所以有点儿害怕别的马。起跑门一开,就会像逃脱噩梦般地拼命奔跑。

别的那些马只要赶到斯丹达德的瞎眼一侧与其并行,最后就能把斯丹达德甩掉。终于有一天,那只瞎眼让斯丹达德遭遇了意外事故。荻君是垂头丧气地听事故经过播报的。

不久,斯丹达德被毒死了。

据说那天宍户告诉荻君"一只眼的 J 死了"时,荻君一听就纠正道:"它不是 J,是皇后。"

因为斯丹达德是匹母马。

而又过了不到一个月,荻君就被一辆卡车撞伤而进了医院,入院后的第二天就死了。

我们这些朋友到府中[1]去进行了一次吊唁会战,大家都买了越龙的马票,也都是大败而归。

不过大家都对这次输钱一笑了之,说这是给荻君的"略表寸心的奠仪"。

从那以后,我有段日子没去关心过"一只眼的马",那些一只眼的马中也没出现引人注目的英雄。

---
1 府中:东京都府中市。东京赛马场的所在地。

直到二月二十三日,我和宍户、阿桃(那位与宍户同居的土耳其姑娘)三人一起到府中去时,才在那里又发现了一匹一只眼的四岁马。

那匹马的名字叫朋友,排在"未参赛未获胜"一栏中,以往的成绩是十一战中九次落在前六名之外,不用说,一次也没得过第一名。朋友的父亲是法斯特罗,母亲是幡升,不知道那只眼睛怎么会瞎的。这匹马看上去有点儿腼腆,很像个还保有童真的少年。

我告诉他们俩:"我决定跟这位'朋友'交交朋友。"

阿桃一听,立刻反对:"可是,最有实力的是塞达伊(Say! die)呀!"

塞达伊是匹暴君般的马,加上亚军呼声很高的阿梅里亚,还有那匹赛尔巴也非等闲之辈。只有一只眼的朋友跟这些马同场角逐,没有一点儿获胜的可能。

尽管如此,我还是把注押在了朋友这匹马上。

比赛开始,一马当先冲在前头的是阿梅里亚。可是跑完直线慢坡的时候,"一只眼的J"追了上来,并最终获得了胜利。

我望着手里押注朋友的马票,感慨万分地回忆起了死去的萩君。

应该持有的是朋友啊⋯⋯我心想。

回忆这些往事,不过是在这雨夜时分,我心中那一张小小扑克牌般的小小的感伤⋯⋯

摩托赛车手

摩托车上弥漫着死亡的气息。那些人称旧金山"地狱天使"的摩托车赌徒,总是光膀子穿着皮夹克,胸前晃悠着十字架,一直在与死亡玩耍。他们鸡奸、吸毒、强奸……无恶不作,却人人一副圣人般的表情。

据说他们中间有个叫亨德里克斯(绰号"蝎子")的人,他驾驶摩托车沿着旧金山海岸奔驰时死掉了,但死后那摩托车还以二十多米的秒速继续狂奔。这就是说,由于速度已经超越了生死的界限,所以肉体死亡之后,他还一直踩着踏板,继续活在死亡之中。

继续活在死亡之中这句话也同样适用于汽车。我虽然对这种用于运送人的带发动机的箱子毫无兴趣,但参加比赛的汽车却令人感到一种无法抵御的魅力。因为赛车的速度能够随意操纵,已经摆脱了其原有的社会性功能。

我在少年时代曾经偷书逃跑过。虽然我偷拿的《拳击》只是平泽雪村编的一本薄薄的杂志,但还是立刻被他们发现并且追了上来。

都怪那天在下雪,地上滑得我怎么也跑不快,结果一下子就被两个店员追上来揍了一顿。不知是不是从那时候开始,我便感到自己不得不提高速度。从马拉松的报捷者到隆瑞莫的驿马车,从萨拉布莱德竞技马到波瓦洛的航空力学……"速度是带有权力性的"。

啊,为什么我的心脏没带发动机呢?我心想,哪怕是两缸的也行啊,只要装了发动机,就能把我带到世界尽头去了。

我知道,"速度的历史"其实有两条道路。其一名为文明发达的功能性速度的历史,它是人类扩张的理论;而牢牢抓住我心魂的,是另一个速度的历史,即从两轮脚踏车到人力飞机的"无用速度的历史"。它是人们力图从有益于所谓社会进步幻想的事物中逃脱出来的速度的历史。起初,它一直被作为"逃亡手段"而研究。但研究的对象可不是偷东西的少年如何逃跑,而是更为根源性的东西。譬如,如何逃离"已构筑完毕的社会";如何逃脱自己的日常生活;如何从桎梏般戴在自己腕上的手表所指示的"时间"里逃逸出来。

然而,我逐渐开始认识到,这不是"逃跑",而是"超越"。在旱冰比赛中猛然加速冲到前面,是为了滑过一圈之后再次超越排在末尾的对手;贫穷的工薪族父亲骑自行车,并不是为了要逃出这个家,只是为了超越自己步幅所留下的日常生活的屈辱印记而已。

不提高速度不行。我一直这么认为。

为了保护自己不受所有文明权力的侵害，就必须有速度。

摩托车赛的乐趣，就在于自己能够成为死神。我们是毫不犹豫地从那些参赛车中选出对象来押注"死亡"的。

然而，这里说的"死亡"并不是表面显露的死亡，而是隐藏在"生存"中的更具实在性的死亡。当我紧攥口袋里的摩托车赛票，像鹰一般四处张望着穿过左推右搡的人群时，脑海中浮现出了我自己起始于少年时代的"速度的历史"。

一阵风吹过，扔在地上的摩托车赛票纸屑翻滚着被席卷而去。这就像同一辆"凯旋69"摩托车上寄寓着不同人的各种回忆一样，同样没押对注的2/3、2/5摩托车赛票上想必也承载着各不相同的故事，而且是争夺每一秒的故事。

"也只有在这里，咱们才会论秒谈事啊，"摆地摊的阿铁戴着礼帽对我说道，"其实，什么秒啊秒啊的，平日里连想都没想过。就是撒泡尿，也得花个一两分钟呢。"

仅仅划根火柴点支烟的工夫，须叟之间的一两秒之差就逆转了人生。这就是摩托车赛的世界。这个世界弥漫着与"缓慢的生"相对应的"快速的死"的阴影。这就如鸟儿展翅竞翔时一样，当看着它们每隔几秒就从我们头上飞过时，谁猜得到哪一次是飞向死亡的最后时刻呢？

"你来看摩托车赛,还是因为那个发动机情结吧?"阿为问我。他是在大井赛马场卖参赛马成绩预测特辑的。

"就是啊。真恨我妈没给我的心脏装台发动机。到底还是装了发动机的车子好啊。"

赌博是一种思想性的行为,它带有类似于"单一奢华主义"的性质。工薪族平平淡淡地上班下班,身处那种索然乏味的量入为出、四平八稳的和睦家庭之中。他们虽然脑子里想着"有没有什么好玩的",生活却依然日复一日波澜不兴风平浪静。而赌博,就俨然成了突然打破这种平静的"大事"。

谁都在追求随大溜的安定生活,然而谁都同时想摆脱千篇一律的生活。在这样的现代社会里,虚构的生死、摩托车赛赌博的"速度"则能让他们独享现实人生中无法得到的"荣光与悲惨"。这也可以说是时代感情的反映吧。

在当前社会里,如果按照平衡主义来分配一个工薪族的收入,那海外旅游就不用说了,即便是吃高级餐厅的牛排、买汽车、坐飞机也是消费不起的。这时候,有些想要体验一下的人就会放弃随大溜,搬进爬满蟑螂的三张榻榻米大的小屋,然后买来吸人眼球的跑车;或是靠面包牛奶凑合三天,第四天去马克西姆餐厅吃一顿牛排套餐。他们的这种选择,不禁令人觉得是一种"英雄般的"决策,因为他们明知自己在现实中不属于那个层次，却依然勉力为之。以往的幸福论是不论什么都随大溜。当劝人从这种观点转变到舍弃其他、只追求一个特定目标的幸福论时，赌博者的眼光就显得越来越至关重要。这也可以说是超越自己的"速度的思想"吧。速度与赌博处于不可分割的关系之中，看清这一点，才能恢复人的生存意义。

"喜欢奢华，却讨厌赌博的家庭主妇"们！你们明白我这个比喻的意思吗？

第三章
高中生诗集

高中生诗集杰作选 *

* 寺山修司曾是高考杂志《高三课程》和《高一课程》(均由学习研究社出版)读者投稿诗的评选人。初期的诗歌,寺山修司曾整理编辑成《高中生诗集》(三一书房,1968年出版)。

想写一百行字

想看《肥皂泡假日》[1]

想去纯吃茶店"基地"喝柠檬茶

想描述乡愁

想知道什么是"失去的失落"

想弄脏爱炫耀的新宿女人的口罩

想接吻后在她耳边说"去跳摇摆舞吗"

想擦干冒充成人的卖春少女的眼泪

想在农村检到一万日元

想用家母的围裙擦鼻水

最终,想厌恶忘掉寒冷

想梦到直角正三角形

想了解德意志和意大利

想把可口和百事掺混起来

想吃比尘埃还小的星星

想去厕所

想"Se"

想扔掉河床

---

[1] 《肥皂泡假日》:20世纪60年代由渡边娱乐公司推出的热门电视音乐秀,也是日本早期的综艺节目代表之一。由于赞助商是牛乳肥皂,所以被称为这个名字。

想知道这次轮到谁

想得到回应

想被砍

想舔 SiCCAROL 爽身粉[1]

想去东京

想拥有中江俊夫[2]的《词汇集》

想不用字典来写诗

想在伊势丹[3]把爱犬桐井叫出来

想小雪说出"我把处子身给你"

想烧掉化妆镜

想等待

想写一百行字

想随声附和

想将黑雨做成冰果子来卖

想将昨天和今天（＋）加起再（÷）除 2

想差不多可以出生了

想在北方的海边发抖

想取消求婚

想回忆十年前

---

[1] SiCCAROL 爽身粉：和光堂在 1906 年开始生产销售的婴儿爽身粉，名称来源于拉丁语的"使其保持干爽"一词的谐音。
[2] 中江俊夫：日本诗人，1952 年以《鱼中的时间》进入诗坛，1972 年以实验性诗集《词汇集》获得了高见顺奖。
[3] 伊势丹：日本百货公司。

想挂上纪伊国屋[1]日历

想冻死在水平线上

想吃危险的食物

想相信长达二十一世纪的水果刀

想溶化为千贺 kaoru[2] 的口水

想分手

想在淹死之前喝临终之水

想和小雪交欢

想哭一哭

想搔脚板底

想写首生日歌获取五十万日元

然后想开扒金窟店

想用十个球换可口可乐

老师！想小便

想看尾指

想颤抖

想放弃

如果有洞想钻出去

想快满二十岁参加选举

想在新年第一个梦里梦见不走的手表

想在二百年后（因为寺山修司那时会死）出版处女诗集

想将笔名写成秋药俊裕

---

[1] 纪伊国屋：日本著名的书店。
[2] 千贺 kaoru：日本女歌手，以一曲《真夜中的吉他》闻名。

想一边啃巴萨诺瓦一边听柠檬

想被批评说这是抄袭作

想用泡芙来画画

想做作地说"还是一张白纸呢"

想数一数写了多少行

想在甜甜圈型的广告气球上涂色

手表想推荐 SEIKO

想写一曲涉谷蓝调

想在日记上留下像样的日记

可是,想学习排列、组合

想忘记向量

想让 Fighting 原田睡午觉

想脱女企业间谍的衣服

即便死了也想拉屎

想和小雪绝交

之后想 TEL

想结束如此浪漫的十八岁

想洗脸

想在喜欢的男人耳边悄悄说"历史比日历还狭窄"

因为是《周刊少年 Magazine》[1]所以想站着读

想骑大象去天井栈敷馆

可是还想感谢文明

想送别不见阿波罗

---

[1] 《周刊少年 Magazine》:1959 年创刊的漫画杂志。

想为死着衣

想唱《再见的总概》这首歌

想隐藏起来

想把活字反过来

想触电死

想看报纸

想见石田学君

想烧掉征兵卡

想把皮手套送给寺山修司

想给新高惠子[1]送上《贝壳之歌》

想搭电梯上天

那时想带上小雪

想写没有意思的暗号等等

想让幽灵君说出"死人没口"

脚尖好冷

——想关上透明的门

秋亚绮罗

---

[1] 新高惠子：日本女演员，曾出演过寺山修司的《再见箱舟》等多部电影。

我要是当了风尘女郎

我要是当了风尘女郎
第一个客人是冈本太郎吧
我要是当了风尘女郎
就把至今买的书全部卖给二手书店
然后买世界上最香的肥皂
我要是当了风尘女郎
就为满腹悲伤的人插上翅膀
我要是当了风尘女郎
就把留有太郎气味的私人空间一直保持清洁。抱歉,谁也不给进
我要是当了风尘女郎
就在太阳底下边流汗边洗衣服
我要是当了风尘女郎
就熟记将安德洛墨达[1]做成手环的咒文
我要是当了风尘女郎
就成为谁也不许侵犯的少女
我要是当了风尘女郎
就变成克服了悲伤的慈悲玛利亚

---

[1] 安德洛墨达:希腊神话人物,埃塞俄比亚公主,名字的意思是"人类的统治者"。

我要是当了风尘女郎

就会教黑人唱《五月的风》

我要是当了风尘女郎

就从黑人那儿学会爵士乐

寂寞时钻进床,闻着太郎的气味

开心时朝着窗口,安静地等待接下来发生的事

如果很想见谁的话就钻进床,屏住呼吸聆听遥远星球的
声音

冈本阿魅

性 典

薄绿色的封面
是在灯中发光的塑料封皮 A5 大小
我误以为是数学的问题集
加之
上面有
法语啊，拉丁语啊，
德语啊，的注释
所以
大吃一惊翻开封面一看
因为并非某大学教授的著作而安下心来
蜂蜜的感觉
模糊地围绕着我的理性
心脏一点也没有怦怦跳的感觉
嗯，无趣
这本书
还是针对知识分子的吧
确实很重要
或许也是好书
却没有我所期待的
宝石和闪闪发光的星星

清纯血统的女学生们根本不知道这本书的存在

对于愧疚的劣等生

完全像南天竹的果实

可是

比起人生教训的赞美歌、南无阿弥陀佛、入学式的祝辞

等等

我觉得更有用吧

在离车站十五分钟

小而脏乱的二手书店最里头

有五六本

优雅而谦逊地

然后，露出半放弃的面孔排列着

发现了你时

我含着泪水说

你

很神圣！

做个采访吧

"我是性典，是你们专用的哲学者、无力者的朋友、鞍马天狗。"

北畑正人

绝望的季节

新隧道建好后
就看不到大海了
连傍晚，连落日
我从此背负着绝望
在住宅新村的长而曲折的道路上
晾晒自我
过去，用柴火终于点燃了
脏污的白雪
尽管如此
我还想用手柔软地挖出新雪
当挖出一个洞时
春天突然打开了
我哐当抓住过去
放起火来
很快，烧剩的黑色东西在风中飞舞
"坐 A 火车去"
我给浅子说了句俏皮话
从胸前的防风衣口袋里，掏出口香糖
撕开银纸递给她
表情没有一丝笑意

浅子

奔向正好进站的列车

我把与长发不相衬的帽子赶紧脱下

立刻发了个梦

春天来了就去西海岸

我骑着白色的自行车

追赶逃走的浅子

终于追上时

我上气不接下气地想抱紧她

浅子狠狠地看着我

尽管我已经绝望

浅子穿着拖鞋在混凝土一般的白雪上

踏出脚步声,不理睬我

我喜欢冰冷的冬天

家逐渐被雪埋没

道路终于比房子还高时

我蹲在路边

自言自语说想死的日子变得越来越多

到夕阳时分

浅子一定拿着购物篮经过这里

毫不在意一溜烟逃走的我

我放弃所有幻想

坐在冰冷的雪椅上

迅疾度过了一天又一天

尽管如此浅子始终没有现身

坐 A 火车去!

在我迎来春天时

终于,在月台看见沉默不语的浅子

我没有接近她

只想细读

克尔凯郭尔关于爱情的言说来散散心

实际上

浅子

就算被说成暴力行为也行

相对基督教

我想紧紧抱住你

来到北国的春天是残酷的春天

猫柳不开

河水不流

我穿着碎白点花纹的短外罩

潜入看似山小屋的苹果小屋的日子越来越多

就算不用过桥

我总装成要过桥

所以,只是过着去学校

吃梦的生活

如果隧道没完成就好了

我就不用进行大学应考的学习

为了准备遥远的毕业

在奶油色的墙壁上

拼命留下做纪念的乱涂写

这并非创作

浅子,胡乱地写上浅子

又把浅子破坏掉了

所以,越来越不喜欢笑眯眯的物理老师

一个个地破坏手制的实验用具

已经看不到毕业的可能

只在垂头丧气时

只凭意象

略微创造出浅子

为此,我在生锈的火炉边

也避免与同学的闲聊

我在苹果小屋忘记喝山埃

那时我疯了

听收音机时只听探戈和民族音乐

可在报纸上看不到自杀新闻时

我会变得不开心

我在基督教的画上面

发现不锈钢指环而狂喜

转动指环的

并非基督教里的玛利亚或是其他任何人
而是披着长发的少女
是浅子
自此之后,我成了否定者
毫无生气,尽管想求助于海德格尔[1]
时间与存在过于难解
我脱胎换骨
在日记上记下浅子的"浅"
这样已经足够
可是,那也在雪洞里化为灰烬

浅子现在,一个人搭着列车穿越隧道
抱着一点不快
尽管想着如果过了这个时机就麻烦了
可我只是无聊地空想
提起皮包
深深地戴上帽子
毫不介意地穿上皱巴巴的裤子
假如去名叫 J 的咖啡店,应该很豪华吧
若准备好了
比如,就算没时间
也找到走进去全是白墙令人不安的 J 咖啡店

---

[1] 马丁·海德格尔(1889—1976):德国哲学家,在存在主义、解构主义、后现代主义及心理学方面有举足轻重的影响。

浅子没死

我，当然不在生

　　　　　　　　　佐佐木英明

伸子

伸子 伸子 伸子 伸子
伸子 伸子 伸子 伸子
伸子 伸子 伸子 伸子
伸子 伸子 伸子 伸子
伸子 伸子 伸子 伸子
伸子 伸子 伸子 伸子
伸子 伸子 伸子 伸子
伸子 伸子 伸子 伸子
伸子 伸子 伸子 伸子
伸子 伸子 伸子 伸子
伸子 伸子 伸子 伸子
伸子 伸子 伸子 伸子

越写越悲伤

铃木章

弃母记

妈妈,我回忆起来
在妈妈热乎乎的大腿上
洗头时
肥皂泡渗进眼里
我第一次咒骂妈妈
还有,妈妈那漆黑的腋毛在雾气中湿嗒嗒的样子
我也回忆起来
在国营医院的木造病楼的角落
樱花突然飘落
我把有肾病的妈妈那温暖的小便
放到长廊最深处的昏暗厕所
和别人的排在一起
他们的小便放置很久已经发冷
妈妈的小便发出可怕的颜色
似乎很有怨气
我沉默注视着
过度透明的尿瓶转眼间发热
那时,在厕所的小格窗上
樱花又突然飘落
妈妈,我含着泪水

妈妈就像夏尔·佩罗[1]的童话那样

一直剥开包菜，熨着衣服

温柔地教会了我我的起源

啊，罪深肥胖的妈妈

连我和朝鲜姑娘李薰花那成人般的爱抚

连在遥远寂静的地方射出的声音

连在懒倦的风景中学会愉悦的罢工

啊，妈妈，什么也不懂的妈妈

什么也摸不到的妈妈

什么也预期不到的妈妈

妈妈极度灼热的鲜血

在我的手指、眼睛、龟头、心脏飞奔而去时

我在头晕目眩之中

什么都会想象得到

什么都会看穿

啊，可爱的肥胖的妈妈

全身结核菌的寂寞的妈妈

无论怎样的粗话也毫不动摇的妈妈

垂涎欲滴的白嫩柔软手腕的妈妈

妈妈，我会切断它

把黏稠的双眼皮中的算计

---

[1] 夏尔·佩罗（1628—1703）：法国诗人、文学家，以《鹅妈妈的故事》闻名于世，有《小红帽》《穿靴子的猫》等佳作。

把那终会让我拿走的

下腹里肥腻的"忍耐"

妈妈，我会扔掉它

把妈妈的性急愿望的大屁股

把妈妈的贪得无厌、不自量力的乳房

把妈妈的真实意图拉拽出来的语言

妈妈，我让它们消失

把妈妈午睡时的思想与阴谋

把妈妈膨胀的厌恶眼神和暴力

把妈妈不知如何是好的声音和幸福和死水

妈妈，我回不去

回不去妈妈以外的土地

我之前已预测到

刚刚在不知名字的港口

毫无声响地一个人乘上的船

一刻一刻放弃了妈妈

鸣起自豪的汽笛声

妈妈，我回不去

妈妈，我回不去

因为我是个苍白孤独的偷渡者

因为在我背后遥遥翻弄的洗衣物之上

为了含着泪水的妈妈

连一条拖船缆也没准备　　　　　　　　　森忠明

动物时钟

阿妈在父亲不在的矮脚台前吃冷豆腐,然后说,小泰啊,教教你物理吧。引力可以拉动世界,是寂寞孤独的力量,她不懂装懂地说。想哭的阿妈懂什么呢?

十五岁快要过去,我明白上了年纪每天依然在睡,抱住尿壶喝着汁水,会变成像狸猫那样的老太婆。抱着坏掉般,漏掉般,却强健可憎的头脑,跑,跑,跑,就是现在十五岁的我。

  我吃着豆沙包发出粗野的声音,伸展着手和脚,在草原上,想要天真地再现原始时代的恋爱场面的十五岁,我,很喜欢。

青草的叶子和数字和美国留学,开始了我的十五岁。
然后,一如惯例,森君滑溜溜地出现了。
背负投[1]很厉害的森君。世界史很棒的森君。
  就算是如此令我喜欢的森君,却也只在竿子很小很小的前方。我从同时喜欢上四个人,哭泣着在高知的城内跑来跑去的那天开始,就不再成长。

---

1 背负投:即过肩摔。柔道手技中的一种,用到全身肌肉的同时,手部肌肉尤为重要。

可是,阿妈,不用担心。因为,全部是说谎。我,可不是那种坏孩子。只是过于正直,拥有过多的大正风格的伤感,太过毫无顾忌的高声大笑。泰子其实是个善良的人,阿妈对我说。在父亲不在的矮脚台,我们二个人吃一块冷豆腐,顿时觉得过于幸福,神情恍惚,眼泪不由自主地涌出来。

(台词)

泰子　"神啊,一定把这份幸福留给我"

神　　哈,哈,哈,哈,哈,哈,哈,哈,哈,哈,哈,哈,哈,哈。

我　　啊,很想那么杀了你啊,披头士!

泰子　哈,哈,哈,哈,哈,哈,哈,哈,哈,哈,哈,哈,哈,哈。

安藤泰子

到来的一天

在神到来的一天想张开手等待
在神到来的一天不想慌张
在神到来的一天想奉茶
在神到来的一天想回忆起至今交往过的人
在神到来的一天想拿着包了笔记本和日记本的漂亮包袱去

菅智子

年轻家伙的歌

俺们,没有打任何招呼

从阿妈的肚子里跑出来

再过四五年

没有打任何招呼

将与谁结婚吧

在还不算闷热的五月初

跳进大海

俺们一定会浑身发抖吧

从道路那边开过来的车

哪里出了问题吗

倘若车出了问题

地球就反转过来

男人在一瞬间看到女人的裙底

还是有害羞的家伙吧

假如没了流行歌

歌手会失业

俺们在这个世上也可以说再见了

打烂猥琐的电影广告牌

放火烧毁上映猥琐电影的电影院

给出版猥琐书籍的出版社发出威胁信
干那些事的家伙，称得上猥琐的家伙吗

把车开到高速飞驰
似乎能跑到天涯海角
可还是不跑更好
高喊着讨论
搏击是表演还是体育运动？
咒骂着对方过度反应的家伙们
小子们，将这个世界作为搏击场的话
你们能拍胸脯说
自己不会被嘲笑吗
平常不都是假赛吗
俺们弹起不合适的三味线
是若儿的小便
老年人摇摆起来
猴子的节日
相反是人的节日
是否举办这个节日决定了是善是恶
可以看出这个世界太多算卦人

还是，偶尔进浴池
清洗干净
洗干净点 山本洋一郎

看到的男人

俺是男人

一个封闭的男人

把没有语言的诗集前序撕碎

关闭吱呀作响大门的男人

忍受着像盲肠炎旧伤一般的下腹疼痛

盯着孤挺花的叶脉

在没有终结的夜晚

红色系的亲类们开始了聚会

声嘶力竭地呼喊着

"将红城山奥染成鲜红色!"

这是不可靠的慈爱

是乌托邦的自我辩护

佐藤阁下笑得毛骨悚然

我要把曲折的回乡之路

怎样也要变成一条直线

目标是学习院大学[1]的土木工程科

猛读中!

写上"必胜"的血字

在古巴革命者的穷途末路上休息片刻

---

1 学习院大学:曾是日本的"贵族和皇族大学"。

俺是男人

是吃男

或者是拥有偶数手指

吃母音与子音之间缝隙的男人

在捆绑着俺身体的

数万的毛细血管中

拥有漆黑头发的母亲的

每晚发的恶梦

成了渺茫大陆黄土的无数微粒子

飞舞起来

然后,这个代价

姐姐会在月夜的晚上

进行补偿

利用令人感到眩晕的远心力

身体浮游起来

只有哄笑立于中心

母亲挥起斧头

父亲挥起斧头

姐姐挥起斧头

俺吐血并清洗心脏

绝不回头

在土木工人们堆起的土块中

将思想完全封闭

俺想去旅行

一直到死亡为止

俺想去旅行

俺是男人

奋起的男人

换言之

把脸埋入松弛的泥土

在蜜丝佛陀[1]的广告上奋起的男人

以上是一小段的序论

本来,俺们的原罪意识

是感情的森林的阴暗处

或者

永眠在太平洋的海底深处

与老爸和老妈的不道德行为

一起等着些许的机缘

成了地雷和水雷

沉下去

对不起了

青木忠雄

---

1 蜜丝佛陀:法国化妆品品牌。

我的自传诗

十五岁

叶夫图申科[1]在他《提前撰写的自传》开篇就写道:"诗人的自传,那是他的诗篇,剩下的只是注释。"

我也是这样想。

所以,我在这里列举我自己的诗篇代替多余的注释,可一旦要写些什么时,人就会容易忆旧,话也变多。

十五岁——我只是一个喜爱体育运动的少年。喜欢拳击,自己也在附近的小练习场练拳。我觉得拳击是以互殴的方式进行"肉体对话"。

还有,投球对于我来说,也是用球代替了语言上的对话。

我就这样回顾起那时候的事情。

"一个橡胶球从A投到B。在傍晚的仓库某条路上,有自行车修理工和出租车老司机。修理工扔球,老司机

---

[1] 叶夫根尼·叶夫图申科(1933—2017):20世纪最杰出的俄语诗人之一,17岁开始发表诗作,一生诗作颇丰,出版过约40本诗集。曾成为五六十年代"高声派"诗歌的代表,于1991年后长期定居美国,代表作有《娘子谷》等。

在胸前高度接球。球在各自的手套中，每发出啪的一声时，两个人都有确实地将什么交给了（对方）的心情。

而传递的究竟是什么？我也不清楚。

可是，无论是怎样的精彩对话，也没有比这种更令人回味的事情。球离开老司机的手，到修理工的手套为止的"一瞬的长旅途"，正是人文主义地理学的理想。

看着离开手心的球在日落的空中划出一道弧线，越过二人不安的视线，是极具人情味沟通的比喻。战败后，我们恢复了相互的信赖，并非依靠什么样的历史书，并非是政治家的考虑，不正是完全多亏了这个投球吗？

我觉得投球热潮和性解放，是给在焦土中的日本人一种地理性救济的方法。这里的"人文主义地理学"，并非市街村分布图的问题，而是如何行走于其中这一思想的问题。（战后诗《尤利西斯的缺席》，纪伊国屋新书）

"我喜欢体育。"我说，"我觉得体育中有规则是件好事，而且，有绝对的神圣。"

"诗歌没有规则吗？"我朋友担心地说。

放学后，我们在学校庭院的漆姑草上坐下来，院子里的积水上倒映着北国阴沉沉的天空。

"虽然算不上是规则，倒是有具一定形式的诗歌。"我说。

当时，我觉得定型诗就是真正的意义上严谨的诗歌。

由此，我写俳句。

十五岁的俳句,是这样的:

带着橄榄球赛后脸颊的瘀伤,去看大海

修理车轮时,脸颊碰到地上的蒲公英

无论卖花车往哪推,母亲依然潦倒

生日比起鲜花还要数米果,燃烧的脸颊

摇晃不停的苹果树,在渴望见她时

小鸟飞过的影子,心中随着炉火而愤怒,快些平静吧

从厕所看到蓝天,在啄木祭[1]

十八岁

我曾经为在《我的阅读》的开头部分该写什么而感到困扰。比如,像纪德[2]的《帕吕德》这样的书,对我来说,有种一如学生时代同级生的亲切和空虚。《帕吕德》和《人间食粮》可以说是学校图书馆最里头的那件忘记晒在那儿的白色夏日衬衫。一开始,想学拳击的我,也很快就明白了拳击不是愤怒的运动,而是饥饿的运动。随着开始这样想,"吃比赢重要"的思索就停不下来,于是放弃了。

---
1 啄木祭:即石川啄木祭,纪念石川啄木为主题的活动。
2 安德烈·纪德(1869—1951):法国作家,1947年诺贝尔文学奖得主。一生著有小说、剧本、散文、日记、书信多种,主要作品有《背德者》《窄门》等。

在杰克·伦敦的小说当中，空腹而战的拳击手，被判定出局。在即将失去意识前，一块肉的想象浮现在他的脑海中，这一场面深深缠绕在脑里。我在电影院的宿舍里，逐渐从"肉体对话"转向"语言对话"，开始思考如何成为诗人。在写情信给特雷莎·赖特[1]，为少年巨人队之会报写稿件之余，我去阅读E.H.卡尔和斯宾格勒[2]的历史书。

"逝去的一切不过是比喻"，斯宾格勒的观相方法令我着迷。"相对于被科学性处理的事情是自然科学，被作诗之物才是历史"，这种想法俘虏了我。

我的苹果纸箱里，用心存放了仅出版了上卷的旧书《西方的没落》和E.H.卡尔的《浪漫的流亡者们》。我离开俳句，开始创作短歌。

  划亮火柴的一瞬，浮现浓厚海雾，还有为之献身的祖国吗

   脸颊紧贴盛着桃子的竹筐，在契诃夫之日摇晃在列车上

  满是烟臭的语文教师说话时，明日这一语最悲哀

  撒下一颗向日葵种子，把荒野变成我的处女地

---

[1] 特雷莎·赖特（1918—2005）：美国电影女演员，曾获得奥斯卡最佳女配角。
[2] 奥斯瓦尔德·斯宾格勒（1880—1936）：德国历史哲学家、文化史学家及反民主政治作家。《西方的没落》一书引起很大的争议。

穿着外套午睡,家父亡魂进入我梦中

在地下水道漂流的污水中,夹杂着呼喊的种子

二十一岁

我有生以来的第一本书出版了。里面有几篇连作短歌和散文诗,还插进了日记。主要是和友人山田太一[1]的往返信件。其时,我一进大学就立刻生病,并度过了三年的入院生活。

> X年X日
>
> 山田的明信片来了。
>
> "看了保罗·瓦莱里[2]的《生于1925年》[3]。
>
> "由于生于1925年,瓦莱里比我们大10年。
>
> "可是,瓦莱里批评了纪德的《人间食粮》。《人间食粮》的自由,尽管将纪德从狭窄的生活中解放出来,可他只是又置身于一种平均主义之中。

---

[1] 山田太一:生于1934年,剧本家,与寺山修司同出自早稻田大学。
[2] 保罗·瓦莱里(1871—1945):法国作家、诗人,法国象征主义后期诗人代表。他的诗耽于哲理,倾向于内心真实,以象征的意境表达生与死。
[3] 瓦莱里于1925年当选法兰西学院院士。山田所说的瓦莱里比自己大十岁,可能以此为由。

"由此,就算自己不用做任何事情,战争从各种各样的社会制约中将我解放出来。

"可是,就品德而言,瓦莱里比不上纪德。瓦莱里仅仅只是活着的一个人。

"战争,完全是巨型的平均主义,为什么我意识不到这点呢。"

读着山田的信,我觉得山田忽视了所谓的"实感"。原来如此,山田说的很正确,战争是巨型的平均主义。

可是,战争有《人间食粮》无法表达的实感世界。对这份实感的嫉美,睡一年以上就能充分理解。

然后,随着我的病情向好,我开始想要远离书迷生活。完全是"纳撒内尔啊,扔掉书本上街去!"的心态。

二十四岁[1]

在退院后的一两年内,我的生活全变了。我居住在新宿,与调酒师和江湖商人这些朋友一家一家地喝酒。

爱上桌面上的荒野,开始了赌博。书本大部分都卖给二手书店,用卖书的钱去旅行。沉迷赌马也是那个时候。

---

[1] 寺山修司从早稻田大学退学。

我和歌舞伎町酒吧的富美小姐同居了,看了她推荐的纳尔逊·艾格林[1]的小说《明日不再来》。

这是本令我犹如被狠狠地打了一巴掌的冲击性小说。我以在赛马场和拳击场做的纪录,替代了写诗,其间有了忏悔。在无法忍耐寂寞时,思考起"他者对我而言是什么?"。接下来,相比独白式的诗歌,我开始对对话式的戏曲产生了兴趣。

在一棵树中也流着血
在树的里面
血站着睡去

从这句诗的短句,我写了首个长篇戏剧《血,站着睡去》[2]。

二十五岁

诗人为什么不用自己的声音来讲呢?究竟为什么不用咆哮和粗犷的嗓音,以及偶尔以低声细语和高亢的声音来朗读"自己的诗"呢?

---

1 纳尔逊·艾格林(1909—1981):美国小说家,《金臂人》获得首届美国国家图书奖。
2 该剧在 1960 年由四季剧团演出。

曾经的吟游诗人们，现在都变成哑巴了吗？我在金特·比肯费尔德的《黑色魔术》一书中，知道了古腾堡如何艰辛地发明了铅板活字印刷机。可是，那份艰辛，实际上是为了"给诗人戴上口塞"。活字印刷发明以来，诗人们不再用语言，变成用文字来写诗。在那里，不再是诗人与读者之间的"对话"，而是诗人自身的长独白。

我对此感到不满。

二十六岁

从想杀母起，

李梦见牛的次数多起来。

苍白的一头牛，

感到它在睡梦中的胸口上一阵沉闷又轻盈
  的跳跃，

与其说是跳跃，或者更接近飘浮，

反正因为那份重量，

惊醒了浑身冒汗的李。

于是乎在幽暗之中，

看见放心状态的家母YOSHI发出鼻鼾声，

李一直盯着母亲，

确实不是梦是现实。

家母YOSHI的脸，

感觉它似乎像那头苍白的牛。
当想到这，在暗处的另一头，
响起了联络船的汽笛声。
关于这么破旧的，
这么寂寥的幸福，
倘若我悄悄地离开这房间，
谁可以回答这个问题呢？
究竟由谁呢？
啊，很暗啊，
李在思考。
在李的头上倒吊着一把吉他。

北国日报的角落里刊登的北朝鲜少年弑母的新闻，我将其写成了720行字的叙事诗《李庚顺》，上文是其中的一节。

我想在厕纸上写上720行的雅歌。《何西阿书》[1]（2：4）中"诱惑我们步入荒凉原野……"这一句，我想在厕所的墙壁上乱涂乱画。我将这首长诗在《现代诗手帖》[2]上连载一年后，把朋友集中起来开了个朗读会。伴随着马

---

1 《何西阿书》：天主教译作《欧瑟亚书》，是《圣经全书》第28本，《圣经·旧约》小先知书的第一本。
2 《现代诗手帖》：1959年创刊的杂志，推动日本现代诗歌的发展，并创立鼓励新诗人的"现代诗手帖奖"，金井美惠子、伊藤比吕美曾是得奖诗人。

尔·沃尔德伦[1]的爵士乐，当我读到仔细描写"母亲的杀死方式"的片段时，我因无法发声而中断了朗读会。

这一年，我整理好第三歌集《血与麦》，从新宿的廉价公寓搬到四谷[2]。

二十七岁

我决定开始书写自己的"成长过程"。我与电影里的登场人物和小说里的主角一起熙熙攘攘地度过了很长一段时间，但少年时代的我真正是一个人。在北国的阴郁天空下，在只能看到中将汤[3]和福助袜子[4]广告牌的窗户狭窄的房间。在这个杀害亲人最多的青森县的寒冷的最北的海岸小镇。然后，恐山[5]的《地藏和赞》[6]是我们的摇篮曲。

"这是并非发生在现世，而是发生在通往阴曹地府的山路旁、冥河河床间的故事。不到十岁的幼儿们，集中

---

1 马尔·沃尔德伦（1925—2002）：美国爵士音乐家。
2 搬到新宿区左门町的一座独栋公寓，开始与母亲一起生活。
3 中将汤：1893年，由23岁的津村重舍在东京日本桥创设药店"津村顺天堂"，把母亲娘家拥有神奇的药方，加上千年的中将姬传说，用广告遍布日本，成为产前产后不调不适的乐品。
4 福助袜子：1882年创业的日本长寿袜子品牌。
5 恐山：青森县下北半岛的活火山。
6 《地藏和赞》：又名《赛之河原地藏和赞》，描述夭折的孩子被地藏菩萨拯救的场面。

到冥河河床,如果响起山峰的暴风声,往上寻父,如果听到山谷的流水声,往下寻母。

"四肢染满了鲜血……"

我的母亲是弃儿,被用报纸包裹着扔在冬天的田野上。我的父亲是刑警,因酒精中毒死在外地。所以,我坚信着"仇恨是最有效的沟通方式"成长起来。我迷上了以血洗脸的拳击,因为在"互殴"之中,我感受到拳击手同人的爱。

> 有木工町寺町米町佛町,却没买老母町,燕子啊
> 去买新神龛的弟弟,与小鸟一起行踪不明
> 为了缝合地平线,姐姐在针线盒里,隐藏了线针
> 生子不举[1],一生缺课的学校地狱,弟弟的椅子
> 不许向隐身的我偷问家族,在酱菜罐里的亡灵
> 将唯一的嫁妆神龛,擦亮至映出假眼

二十九岁

我将成长过程中的恶梦,整理成长篇的叙事诗。命名为《地狱篇》的这部作品,约莫花了我 2 年的时间,超过了 4000 行字。我将只有短歌的那部分,整理成歌集《死于田园》出版,然后再将诗的部分整理一次。我越来

---
1 以前有因无力抚养而将婴儿扼死的习俗。

越热衷于这份工作。

阿鼻地狱[1]的恐怖，袭击了村里的语文老师。半夜，泥水匠来到，将他的半边鼻孔填满走了。因为他是独生子，所以让妈妈住在另一半鼻孔……就算教课时呼吸困难，也不让母亲走出鼻孔。其时，我刚好是国民学校的六年级学生，对关于家乡本地的单鼻伦理，开始产生了异样的兴趣。

语文老师一开始安安稳稳地教课，当鼻孔里的母亲感到无聊，哼起鼻谣开始打扫卫生时，他总会痛苦地倒竖起头发。然后，这份难受很快就变成呻吟声，他的单鼻语文完全被屏蔽了声音，而在讲坛上爆发而出，从周围、从眼球弹出，呼吸从心脏挤到肛门，再呼出。

——老师，老师！

即便我这样叫，他只是指着自己的鼻孔。悲鸣在教室里招来了无数的乌鸦，他每喊一次"太狭窄，太辛苦"，鼻子眼看着就肿起来。连在课堂上的我们，也能从黑暗的母屋深处，听到老太婆唱着悠闲的歌。

---

[1] 阿鼻地狱：八大地狱之一。八大地狱位于地心，最底层就是阿鼻地狱。"阿鼻"为梵语，汉译为无间。

十月十日到鼻子里

三十三日在心里

到了三十三日的黎明后

你太可爱了，抱着睡去

　　可是，即便肿起来的鼻子像袋子那样垂下来，可怜的鼻男！他无法背着那走上舍姥山[1]。因为鼻子里的阳光不好，虱子不停繁殖起来，而喜欢老太婆唱歌的菜粉蝶，在一直张开的鼻孔进出自由，鼻毛一如不经修整的枯草那样弯曲、萎靡。老太婆弹着三味线在起舞，鼻男——语文老师只能艰辛地忍受着窒息的痛苦，看着远处的冬色山体叹息。时而，他在休息时间跑到井边，开始尝试着洗鼻子，将早已没了嗅觉的鼻子里的老太婆的排泄物，缓缓滴落成一条漆黑的河流。也有人提议干脆用剪子将鼻子切开，可那也做不到。无奈之下，他在鼻子里做了一个小而美的神龛，将母亲关在里面，一边唱着恋母歌，偶尔也用手拿着，将鼻孔朝向阳光晾晒，直到鼻子烂掉之时——

　　语文老师，与羞耻的美德一起活着。

1　舍姥山：以弃老传说为题材的日本民间故事地点。

三十岁

我把 7000 行字的《地狱篇》整理完毕,再度出门。海明威在身居巴黎的日子里所说的"为了停止而艰苦努力"的赛马成了我的乐趣。描画人类之间葛藤的剧情到了最后,也无法超越人类,但赛马作为与偶然的葛藤,完全就是与"神之意志"的战斗。

我喜欢的一匹马名叫米奥索其斯,那匹马后来被卖到落魄的地方比业余赛。为了看它,我特意跑去看业余比赛。米奥索其斯是勿忘草之意。朋友原田政彦,是最轻量级的世界冠军。战斗,也存在于日常,可无论哪种战斗也无法到达"对话"的境地。例如,即便是性行为,也鲜能形成像少年时代的投球那样真实的"对话"。

  倘若血是冰冷的铁路

  驶过的列车

  必然通过心脏

  同时代的某个人

  远离了穿过地表的寂寞回音

  我是把克里夫·布朗[1]的旅行指南

  翻到最后一页的男人

---

[1] 克里夫·布朗(1930—1956):爵士乐史上最杰出的小号手,其影响力足与迈尔斯·戴维斯相媲美,并被认为是硬波普时代的代表人物之一。

我的目标是心脏的荒野

不也只是一张唱片的

长别离吗

冲破自我意识过剩的头痛的迷雾

一曲 Take the A-train[1]

是的,坐 A 火车去!

倘若不行的话那就跑去吧

事实上,车辆不行的话,我总感觉自己生
在只能用脚去"奔跑"的时代。

---

[1] Take the A-train:1939年由比利·史崔洪创作的爵士曲目,后来成为艾灵顿公爵团队的标志名曲。

第四章
人生入门

人生入门

为了不变成花花公子——这篇论文可以献给再这么稀里糊涂下去,就会变成花花公子的你们——也就是为了汽车税金和保养五十套服装而忙得几乎没法好好睡一回午觉的你们。

一旦变成那样以后,你们就是再留恋穿着拖鞋边吃小摊上的汤面边跟朋友欢谈的日子,也已经来不及了。

你为了找到讨女孩子欢心的话题,读遍周刊杂志(结果把眼睛搞坏了);为了去一趟只有二十米远的烟店,也必须开阿尔法·罗密欧[1]或保时捷[2],不得不在禁止右转的马路上花三十分钟绕个大圈。

而且,为了练成肖恩·康纳利[3]那样的臂力,你瞒着所有人到武道馆去习武;又为了看懂根本用不着的《时尚先生》《纽约客》杂志,而不得不跟着英语家庭教师上课。

这个世上不走运的花花公子志愿者们,你们想没想过,那些被叫作花花公子的家伙为什么一律戴着墨镜?

---

1 阿尔法·罗密欧:意大利汽车品牌。
2 保时捷:德国汽车品牌。
3 肖恩·康纳利(Sean Connery):苏格兰出身的电影演员,因扮演"007"系列故事片中的第一代詹姆斯·邦德而一举成名。

那是因为他们全都因为看了太多"如何成为花花公子"的书，把眼睛搞坏了。

就算有许多女朋友，也没什么可羡慕的。他们那些花花公子就因为女朋友老是在不凑巧的时候打电话来，结果弄得自己不是上不成厕所，就是散不成步。

意大利富豪、有名的花花公子鲁马柯·特特莫在他的全盛时期说过一句名言：

"真是忙得一塌糊涂！我每次去小便就会错过一次约会，每次去大便就会失去一个女朋友。"

所以他整天被精密计时器、口述录音机和访问记录牵着鼻子，一门心思就为了维持与众多女朋友的关系，连小时候一边望着晚霞一边唱童谣的故乡都没时间回忆了。

可是那些花花公子大概会说：

"被女人喜欢当然好啦。"

不过奇怪的是，越是被女人喜欢，就越容易失去爱的时间。跟1号女孩约会，吃完饭的时候，就到了跟2号女孩约会的时间了。

跟2号女孩一见面，2号女孩必定会说："我肚子饿了。"于是不得不为了陪她，再吃一次晚餐。鱼子酱、醋腌蔬菜这些吃完之后，刚到了紧要关头，忽然想起还得跟3号女孩约会。花花公子嘛，必须有绅士派头，所以跟3号女孩见了面也不能马上开始做那事，一切还得从前奏开始将固定程序再来一遍：晚餐、饭店里的酒吧……

啊，多怀念那公园的草地，怀念在月光下整晚互诉衷肠的时光啊!花花公子即使如此感慨,但既然成了花花公子,就都来不及了。

而且我还要问你,当你决心要当花花公子,于是扔掉火柴,第一天拥有登喜路打火机的时候,你不会感到苦涩的后悔吗?

卡在自己牙缝里的西餐冷盘的蟹肉,你用登喜路打火机抠出来过吗?

电影演员泰隆·鲍华[1]和埃罗尔·弗林[2]每次睡午觉,都不得不失去一个(约定在那个时间见面的)女朋友。而我们无论午觉睡多久,哪怕一直睡二十四小时,也不会失去女朋友。与负数相比,零还是上算的。这难道不是一道极为简单的算术题吗?

劝你当个无礼公子——这不是印刷错误,确实是"无礼公子"这四个字。

无礼公子是什么意思?

按照我的定义,就是自由人的意思。也就是那些多少有点儿让人头疼,但活得悠然轻松的人。

让我来介绍一个无礼公子(其实就是我自己……)。

书桌上放着畅销书——石津谦介写的《实用男子潇洒学》,我挠下来的头皮屑正唰唰地落在翻开的书页上。

---

[1] 泰隆·鲍华(Tyrone Power,1914—1958):美国电影演员,代表作《西点军魂》《黑天鹅》《碧血黄沙》。
[2] 埃罗尔·弗林(Errol Flynn,1909—1959):澳大利亚演员、编剧、导演、歌手。

石津谦介的这本书并不适合我。

他说:"吸烟时的手势也是需要造型的。所有动作都有一定的规矩:吸之前怎么点烟,打火机怎么拿,火柴怎么划,在此之前怎样从口袋里取出一盒 hi-lite[1] 香烟,怎样从烟盒里抽出一支 cigarette 来(注意,他说的是 cigarette)……"

而且他还指出:如果抽烟斗的话,"也得用右手拿着烟斗,放在嘴巴稍微靠右一点儿的地方叼着,那样才显得潇洒"。

然而,我们有必要为了给什么人看,就连抽烟也得摆出造型来吗?其实,爱怎么抽就怎么抽,忘掉你边上还坐着一个女孩,只管"噗……噗……"地对着天花板吐烟圈,那才叫悠然自在呢!

珍惜自己的悠然自在,不是活得轻松得多吗?

假如所有男人读了石津的书,做出同样造型来的话,会变得怎么样呢?

假如坐在地铁位子上的七八十个工薪族一起掏出烟斗,一起将烟斗换到右手,再放到嘴巴稍微靠右一点儿的地方叼着,那会是怎样一幅风景啊?

那或许会让人仿佛看到一幅恐怖漫画,比《花花公子》的撰稿家加恩·威尔逊的恐怖漫画更恐怖。

石津还写道:

"吸烟斗的姿势,是思维型男子的一种造型。喝酒的

---

[1] hi-lite:一种日本香烟品牌。

时候也是有造型的。必须随时注意保持一种有人正看着你的意识。任何时候都要摆出造型,这句话虽然听上去似乎非常装腔作势,但不管是吸烟的时候、喝酒的时候,还有从厕所出来的时候,都不能忘了造型,造型。摆出造型,就是意识到别人的存在。而潇洒,就是从造型开始的。"石津表达的是一种很适合他人取向型社会的思想。可是你们能够那样一直摆出造型来吗?

在厕所中蹲下去的时候能够摆出造型来吗?

当牛哄哄的出租车司机拒绝让你上车,气得你跟他扭打起来的时候,还摆得出造型来吗?

你挠脚癣的时候是不是也能摆出造型?

能够享受最为活生生的真情实感的时候,就是能够在不摆造型也没关系的安心感支撑下热衷于某件事的时候。

我不想过于相信造型的功效。

不,更准确地说,造型只会逼得你变成一个花花公子,把你塑造成一个只会看着别人眼色行事的没有主见的人。

你们心中忐忑不安,担心不摆任何造型会不会被女孩子嫌弃。那我就赠给你们一句格言吧:

> 猫和女人一样,你一招呼它们就跑,只有不招呼的时候它们才会到你这儿来。
>
> ——梅里美[1]

---

[1] 梅里美(Prosper Merimee,1803—1870):法国作家、历史学家、考古学家。

像猪一样生活吧——所以,我来传授你们几个小智慧,好让你们不变成花花公子。这无非就是变成一个无礼公子。这是把你从他人取向型的人中解放出来的方法。

别隐瞒你的家乡话

不管在什么样的女孩面前,漂亮的标准发音只能让人觉得你是个一般的人。你说这种发音表示你掌握了标准话,或让你显得像个大城市人?其实都错了。当你想让人了解此时此刻真实的情感时,最好还是使用自己从小就说的家乡话。

标准话适合阐述政治问题,适合播音员读新闻,但不适合用来表达人生。

要表达人生时,方言是最合适的。

你去出席一流酒店的宴会时,绷紧神经注意措辞和礼仪,把自己弄得浑身僵硬,暮气沉沉。倒不如越是在那种一流宴会上,越应该说你的"哎——哟,我的妈呀""吓得我魂都没有啦",越应该把西餐冷盘的大马哈鱼肉和干酪用手抓来吃。

不管是穿宽松裤还是撇开两腿,当然都没有关系。因为还有一个最重要的礼节,就是保持自己真实的本来面目。

如果没有老家的话

你是个不幸的人。

其实你的处境很危险,老是这么拿不定主意的话,你一下子就会变成适合穿常春藤服饰或欧洲大陆服饰的那种人,因为在你面前,所有变成花花公子的条件都已具备。

所以,你必须伪装成为一个出身农村的人——譬如,你最好将淡谷纪子[1]女士的"人生问答"全都录下来,然后反复模仿学习她的发音。

你要练习把"瓦他西[2]"像她那样说成"瓦他斯",注意打电话时必须得说"莫斯莫斯[3]"。这样一来,你很容易显出凝望远方的神态,眼神有点儿发呆,微微张着嘴。于是,大家大概都会觉得你想起了遥远的故乡。

必须穿五分短裤

五分短裤会保护你。至少VAN的产品中肯定没有五分短裤。

不过,你不能因为穿了五分短裤,就想再穿上和服外衣、缠上和服腰兜去配它。因为那是平衡主义。你不

---

[1] 淡谷纪子(1907—1999):歌手,出生于位于日本东北部的青森。
[2] 瓦他西:日语"我"(わたし)的发音。
[3] 莫斯莫斯:日本东北方言中"喂喂"的发音。用日语标准话应发音为"莫西莫西"(もしもし)。

如穿着五分短裤去开英国的"喷火"或美国的"野马"。这种不平衡很适合你们的时代,最有人的真情实感。这是那种一边听马尔·沃尔德伦[1]或戴夫·布鲁贝克[2]的唱片,一边吃茶泡饭的习俗所具有的单一奢华主义的荣光。

我很早就在提倡单一奢华主义。有人住在爬满蟑螂的三张榻榻米大的小屋里,却唯独要到餐厅去吃烤里脊牛排;也有人每天出门只是一套脏兮兮的旧西装,却买了一辆英国路特斯公司的爱兰跑车——这像不像小眼小嘴的一张脸上长了个挺拔丰满的大鼻子?

只要不谋求单一奢华,在我们这个时代就不可能有任何新的收获。而五分短裤则正是不平衡主义的象征。

花花公子打着平衡主义的旗号,不管什么东西都想蜻蜓点水般地接触一点儿。他们是讨厌五分短裤的。

不过你不能害怕,五分短裤当然会显示出你是个有实力的人,会去除你对造型的担心。

不可跳舞

当然也不可到舞厅去。如果你正巧拥有得天独厚的身体,而且上半身某个地方与巨人队的长岛选手一样,也长着浓密的体毛,那你绝对不能让人注意到这一点。

---

[1] 马尔·沃尔德伦(Mal Waldron,1926—2002):美国爵士钢琴家、作曲家。
[2] 戴夫·布鲁贝克(Dave Brubeck,1920—2012):美国钢琴家。

你应该极力隐藏自己的体毛,即便偶尔不得不与朋友一起洗浴,也是绝不能让他们看的。

因为即使同为男性,相互之间也存在着超越友谊的感情,在男性圈子里也是会出现花花公子的。

万一由于无法拒绝的原因必须到舞厅去,你也应该尽可能买一条最肥大的裤子穿在身上。有一个变通办法,譬如向你复员回来的那个害风湿病的叔叔借一条旧裤子。

而且,在整场舞会中,你应该专挑女孩最不感兴趣的话题——譬如机械工程的技术问题啦,美国在越南的立场什么的,来不厌其烦地喋喋不休。

还有一招,就是两三天之前开始就一直不刷牙,到时候你把海涅的爱情诗小声背给女孩听,为的是从嘴里把气朝她吐过去。

而且,每跳一曲,你必须至少把舞伴的新鞋踩三次。

这样一来,对方当然不得不承认你不是花花公子了。

别戴墨镜

墨镜会刺激女孩的浪漫幻想。

因为即使你是因为患有慢性结膜炎而戴着墨镜,女孩也会想象那墨镜后面有双詹姆斯·迪恩[1]般的眼睛,进而想方设法接近你。

---

[1] 詹姆斯·迪恩(James Dean,1931—1955):美国电影演员。代表作《伊甸园之东》《巨人传》。

而且

你得反反复复地抱怨自己没有钱,对于诸如弗兰克·辛纳屈那首"假如心就是一切,可怜的金钱又有何用"之类的歌曲,你必须避而不谈。

当你要请女孩喝一百日元的咖啡时,要把钱数三遍之后再付……做出一副"这里的咖啡真贵啊"的表情也不失为一个好办法。当然,你事先把一百日元的纸币一张一张整整齐齐地叠好放在钱包里,到了付咖啡钱的时候,先问两遍"是一百日元吗?",之后再把一百日元拿出来,也是一个办法。

那么,对我这些真真假假掺合在一起写的"不当花花公子的秘诀",你是怎样理解的呢?

我一直在劝诫你不要变成习俗的孝子贤孙,不要变成时髦的造型公子。这无非是我的一点儿友情表示,为的是希望你能恢复为具有"野兽之心"的"男人中的男人"。

你要是读了我这篇文章后可以不变成花花公子的话,将来可得带着礼物来谢谢我啊。

因为你没变成花花公子,也许能成为一个大艺术家、大政治家。

离家出走入门

跟爹妈商量有什么用？——有六个喜欢读《鲁滨逊漂流记》的中学生，他们出于兴趣，卖掉收集的邮票和古钱充作经费，一起离家出走去旅行了。这是近来最让我感到快活有趣的一条新闻。

因为从这个事件里，我不由得感受到了一股能量，它将原来只是纸上谈兵的离家出走提高到了付诸实施的阶段。

我自己从当年纸上谈兵的时候开始就是个离家出走主义者，这次的事件让我深感离家出走终于"进入了第二阶段"。因为我感到最重要的，是他们的目的地既不是东京，也不是冷寂的荒僻之地。

与十年前离家出走热的时候相比，这个不同更为明显。记得当时帝蓄[1]那个留长鬓角的流行歌手真木不二夫[2]唱的一首《离家出走》歌曲红极一时，结果这张唱片由于"过于宣扬离家出走者的心理"而被禁售。它的歌词是这样的：

---

[1] 帝蓄：唱片公司帝蓄株式会社（原名帝国蓄音器株式会社）的简称。
[2] 真木不二夫（1919—1968）：日本歌手，原名小谷野章。

想到东京去哟,我想去东京,
光在心里想,就永远去不成。
有什么不舍,要什么故乡,
全都抛掉吧,坐上夜车远走高飞。

这首歌与南陵中学那六个一起离家出走学生的思想有一个很大不同。"要走就走,反正会有办法"的即兴性决定,是六个学生一起商量做出的,他们决定的不是目标(地方),只是"行为"。

假设某一个早晨翻开报纸,看到一篇《六位丈夫结伴离家出走》的报道,写的是六个口碑俱佳的工薪族各自留下一封信后集体离家出走了。他们在信中表示:"讨厌为了老婆孩子不得不像现在这样工作,要靠自己的力量开出一条路来。"

信中还写道:"我们出走不是因为什么家庭不和,也不是因为厌恶工作,意志消沉。我们是讨厌循着'主任、股长、科长……'那种平淡无奇的路径生活下去。"信中还说,他们六人经常聚在一起合唱植木等的《颓唐人生》:

进了酒吧夜总会,就偷烟灰缸;
别人喝剩的啤酒,我来一口光。
去吃烤鸡肉,多拿它几串;
等到结账时,拜托你埋单。

如此看来,工薪族的这种集体离家出走,可以说明显是纸上谈兵式的虚晃一枪。因为具有职业与家庭这种双层结构的现实状态是他们生活主流的所在，离家出走只不过是想摆脱这种状态的一种心理表现而已。他们的逃避游戏始终不过是一种纸上谈兵。他们的"家"不是原来就有的，而是后来形成的。所以，抛弃自己一手缔造的"家"逃走，只会被人指斥为抛弃理想。

然而，以中学生的年龄而言，"家"不是他们自己创建的，而是被别人给予的。所以可以说，他们为了自立而离家出走，就不是纸上谈兵，而是真刀实枪的实际行动了。二者在这点上的微妙不同，其实是至关重要的一点。

这个事件发生后，报刊在纸上对这些中学生的家庭问题议论纷纷，有识之士或者认为"父母与孩子需要更多的谈心时间"，或者建议学校"必须比传授知识更注重人生教育"。这些观点在我看来，也是荒谬的。到底父母跟孩子该谈些什么？许多家长本来就有将孩子视为自己财产的利己主义幸福观，通常情况下，他们只会不断重复这种观点来使其合理化。在多数家庭中，父母的思想是所谓"摇篮曲的思想"，他们从来考虑的就是让想要醒来的孩子沉睡在家庭和睦的梦中。如果只想把家庭作为和孩子谈话的核心，那么孩子会与父母谈多长时间也许就得打个问号了。而孩子们总是有充分时间与同学谈心的。这难道不是影响他们的真正重要的因素吗？

因为有一个现象是人们公认的：过去那些模范少年由于光跟父母谈心，跟同学谈心的时间太少，所以他们只能被严严实实地镶在"父母喜欢的模型"里长大……

一提到集体反抗,人们立刻就会想起江户时代的农民暴动。然而,我很高兴在黑正岩[1]的《农民起义研究》中看到,由于缺乏粮食,官吏暴戾,前途无望,当时也有一些无比愤怒的农民是结成朋党互勉互助,又集体离开村庄的。当然,从离家出走的角度来看,他们这种出走似乎还并非属于真正逃离自己家庭。然而在当年那个时代,尽管他们已是成人,但"家"对他们来说已经存在,并不需要他们要去创建,因此,他们的行动也可以说是在与宿命搏斗。

我颇有兴趣将这六个中学生的行动与被视为当年农民反抗范例的逃难进行比较。这种比较能让人感觉到反抗的年轮,感觉到"方法论"的创新。因为这是单一破坏主义的"方法论"。

你也想被"平均化"吗?——到了现代,许多工薪族都患了胃溃疡。他们那几张略显苍白的脸经常凑在一起进行计算。

在政府机关,只要不是东京大学法律专业出身的官僚,就绝对当不上局长,退休之前最多升到科长、科长助理。所以,算一下自己就职后每个月的薪水,基本就能得出这辈子能领到的工资总额了。

---

[1] 黑正岩(1895—1949):日本经济学家。

况且自己由于当年看早庆战时对森茂雄[1]和众树资宏[2]的击球范儿着了迷,竟然稀里糊涂地考进一所私立大学。就因为是私立大学出身,走上职场后第一个月的工资还不到两万日元。算了一下到退休能挣多少钱,结果让我大失所望。

"唉,我花一辈子去挣的工资,山本富士子[3]演几部电影就能赚着了。"

"对工作我真是讨厌透了。"

"反正这个世界怎么着都行,所以大家就'怎么着都行'了。"

实际上,单从外在生活来看的话,现代的工薪族(就是大部分日本人)已经绝望了。所以当他们想从这个停滞的时代里找找"有什么好玩的"时,就会打打麻将,玩玩扒金窟,要不就去赛车场花点儿小本钱试试能不能赚个对本利。这样一来,他们会越来越感到自己从事的工作只是临时混日子。这就是"希望病"的早期症状。"我现在的生活,表面上看来是在消极遁世,其实早晚有一天我必定能靠文学自立起来。"说这话的并不只是酒吧里的女招待。

---

[1] 森茂雄(1906—1977):日本职业棒球选手,曾为早稻田大学棒球队队员、教练。

[2] 众树资宏(1934—1999):日本职业棒球选手,曾为庆应义塾大学棒球队的主力队员。

[3] 山本富士子:日本著名电影演员。代表作品《金色夜叉》《彼岸花》《夜之河》。

譬如，有个工薪族就是这么想的：

"我是作曲家（也可以是个画画的……总之是什么都行啊），可是现在作曲的才能还没发挥出来，所以仍然在区政府里搞户籍工作。不过，那其实是在避人耳目。不久以后我就要离开这个作幌子的差事，回归本业一鸣惊人了。现在我正在写《我是妈妈》这首曲子。总之，我每天在区政府里工作，八个小时连气都喘不过来。等回到公寓拿起笔来，才总算又变回到我自己——脱下工薪族的假面，恢复本来面目。"

其实并没有什么"本来面目"。当他们纠结在这种"幌子工作"意识中时，就得靠生"希望病"来缓解烦恼。不能如此缓解这种烦恼的，则是那些死在麻将馆二楼的工薪族。

他们连偏见都已经没有了。既没有思想的偏见，也没有兴趣的偏见。当然，利奥·洛文塔尔[1]在《偏见的研究》中指出过："当存在偏见的时候，个人内心会有潜在性的倾向。这种倾向有时会变成外部刺激，把人从社会闭塞中救出来。"然而，他没有注意到，那些死去的工薪族是被无差别地一律当作机构的零部件来对待的。

"哎呀，吓了我一跳！就在刚才，我们公司一个女孩说她在总部楼顶上碰到我了。我说自己刚才一直在这儿吃盒饭，不可能在总部楼顶上啊。为了搞搞清楚，我到

---

[1] 利奥·洛文塔尔（Leo Lowenthal，1900—1993）：犹太裔德国人，法兰克福学派的社会学家。

总部楼顶上去了一趟。到那儿一看,果然有个跟我长得一模一样的人!他穿着我这样的西装,领带也跟我的一样,哈哈哈哈,我真的大吃一惊……哎?我怎么瞧着你也觉得奇怪啊?你怎么也打着跟我一样的领带,穿着一样的西装呢?喂!你是谁呀?"

……机械性的社会机构大批量生产着同样的人,长此以往,人们将渐渐不知道自己是谁了。

若是在以前进行"什么可怕"的问卷调查,一般人的回答肯定是"妖怪"。若是现在,人们多半回答的是"原子弹"。然而真正可怕的或许既不是原子弹也不是妖怪,而是"太平无事"。

"太平无事"的时代缺乏浪漫,它意味着那些深知未来将一事无成者的绝望。"要是提前知道了明天发生什么事,谁还有兴趣活到明天!"这种浪漫派的感慨姑且放到一边,再来看看工薪族吧,他们可是对"退休之前会有什么变化"清清楚楚了然于胸的。

现代怪谈故事,讲述的就是这种太平无事的"可怕"。

电炉、胖乎乎的主妇、看电视连续剧《咲子,你瞧瞧!》[1]……这就是普通住宅小区里的生活。人们把这种生活当作幸福,日复一日过着同样的每一天。他们渐渐忘记了日期,有时会想:"今天跟昨天一样嘛。不对,让我想想……没准今天其实就是昨天呢。"这种情况逐渐严重,

---

[1] 《咲子,你瞧瞧!》:TBS 电视台自 1961 年 10 月开始播出的描写家庭人际关系的电视连续剧。

以至他们开始觉得:"不对,再让我想想……没准今天其实是十年前的今天呢!"或许他们已经变得完全不知道自己是为什么活着了。

不过,看了今年早稻田大学校庆的问卷调查之后我才发现,原来那些大学生自己想要选择的,就是这种忘记日期的生活道路。这不禁使我为之震惊。

他们有的回答:"打算在商业公司就职,再娶个好娘子,养三个孩子。"也有的回答:"要拼命工作,争得在社会上高人一等的地位,赚到足够的钱,这样才能购置带草坪和现代卫浴设备的房子,才能每天晚上与漂亮的老婆举杯对酌。"而且,对于"虽然人们公认现代社会具有安定的氛围,但你个人在消费、休假方面的满意度是多少"的问题,他们在答案中给出了个出色的平均数字:44.3%。

大学生们想要靠兢兢业业工作来赚取各种物质享受,俨然就是想成为现代怪谈故事中的人物,想要跟别人一样被"平均化"。

当然,面对这种停滞的社会状态,并不是任何人都感到满足。扒金窟大厅里云集着心灰意冷的各色人等,当无精打采的工薪族自慰般地眼望弹子下落时,扬声器里正播放着铿锵激昂的励志歌曲:

等着瞧我的吧!
那深藏心中的坚定梦想岂可改变?

不可气馁啊,

反正这世上总有走得通的路……

用"单一破坏"来恢复人性——我提议将"单一破坏主义"作为社会闭塞的突破口。

但"单一破坏主义"不是什么新鲜东西,它只不过是在近来经济学家所说的"单一奢华主义"里加上"单一贫乏主义",然后再加上我的"建议离家出走"和"建议搬家"而已。说得再简单点儿,我是提议在忽视人性倾向的传送带上打个小钉子那么大的孔,改善一点儿透气性。

举个例子吧——

单身公寓中一间四张半榻榻米大的背阴屋子里爬满了蟑螂,但住在里面的那个人却拥有一辆阿尔法·罗密欧或玛莎拉蒂[1]。这从他的生活水平来看,怎么都让人觉得不平衡。别人觉得,他要是用玛莎拉蒂的汽油钱买条紧身防寒衬裤该多好啊,他也可以搬到稍微好点儿的(至少带抽水马桶的)地方去住嘛。可是他看上去压根不想那么做。

这样的人就叫作单一奢华主义者。

与单一奢华主义者相反的是平衡主义者。平衡主义者对收入精打细算,虽然月月都存一点儿钱,但生活安排得井井有条,并无拮据之感。不过,如果按照平衡主义的方式去生活,退休前的生活规划自然可以一目了然,但也根本别指望会有任何惊喜。别说玛莎拉蒂了,他们

---
[1] 玛莎拉蒂:意大利著名赛车与跑车品牌。

就连马自达的库佩[1]买不买得起都得打个问号。

这就是通过单一奢华主义(也就是数项贫乏主义)来尝试可能性。它是对凡事"合乎身份"观念的挑战。

新宿旭町有个专打短工的自由工人,他靠一罐牛奶凑合了一星期,晚上就睡在车站长凳上,但他用省下来的钱在日生剧场看了柏林德国歌剧院的演出。看完贝尔格[2]的《沃采克》[3]后,他为剧中人只靠吃豆子度日的悲剧所感动,同时也知道了还有剧场这个"展现另一个世界"的地方。而这个自由工人倘若以此为契机完成了自我变革的话,那他的冒险就成功了。依我看来,对于这种闭塞状况中谋求个人转变(也就是恢复人性)的尝试来说,像他那样投石问路式的"单一××主义"将会越来越有效。

林家三平[4]的肉体就是单一奢华主义,他的胸毛始终在为他的整个肉体增分。

同样这句话也可用在西哈诺·德·贝热拉克[5]身上。西哈诺脸上展现出的单一奢华主义,则表现在他的鼻子一直在拯救他那张平凡的脸。

---

1 库佩:马自达的一种轻型汽车。
2 阿尔班·贝尔格(Alban Berg,1885—1935):奥地利作曲家。
3 《沃采克》:根据德国剧作家格奥尔格·毕希纳未完成的同名剧本改编的三幕歌剧,由阿尔班·贝尔格作曲。
4 林家三平:一个东京落语传人的世袭家名。
5 西哈诺·德·贝热拉克(Cyrano de Bergerac,1619—1655):法国剑客、作家。他因1897年上演的埃德蒙·罗斯唐写的戏剧《西哈诺·德·贝热拉克》而得以扬名,该剧将他描写为一个终生为自己硕大无比的鼻子而烦恼的人。

当然，社会停滞中出现的单一主义并不仅止于"奢华"，它泛指所有带着某种戏剧性的凝缩状态。人们对于纪念日的认知，大致也能算与它同属一个系列。

譬如，那个臭名昭著的"交通安全周"就是单一主义的一个表现，父亲节、母亲节也是单一主义的变种。不过，应该承认，现在这种温吞的单一主义如果不上升到破坏程度，是无法起到拯救效果的。也就是说，尽管富永一朗[1]的姐姐漫画[2]中有个场面，画的是一个赤身裸体胡子拉碴的男人一边喊着"这是老天赏我的小鲜肉！"一边咬住了女孩的屁股，但圣心女子大学的小姐不可能从这样的漫画中汲取到破坏的能量。

这就说明，单一破坏主义必须是更能撼动整个生活的"实际行动"。它挑战的对象是我们被给予的一切，所以如果没有不厌其烦反复进行的改换职业、搬家迁移、离家出走……它就是没有意义的。我绝不是在鼓励进步，只不过是在鼓励移动。坐标轴确定之后再实施移动，总是能够开阔新鲜的视野。我认为，如果要对社会闭塞和"早就知道明天会怎么样"的状况进行挑战，这个时代就必定需要这种无休无止的运动。C.威尔逊说得很对："面对某种挑战，既有稳妥应战的文明，也有应战失败的文明。"然而，即便改换职业、搬家迁移看来毫无作用，我觉得

---

[1] 富永一朗：日本漫画家。
[2] 姐姐漫画：指富永一朗的代表作《叭儿狗姐姐》。该作品因为对裸体女性与两性关系进行大尺度描绘，当时受到了猛烈的抨击。

也有必要去试试这种单一破坏。

最近似乎流行着一种"怠倦病"：各色人等由于对退休前的一切了如指掌，知道不管自己如何努力也不会有什么改变，所以他们对生活变得心灰意冷，怠惰散漫起来。他们就像在人生之路上进行疲劳驾驶，每天都不知不觉地在"怠倦"中度过。面对这虚无主义的时代，但愿人们能够恢复鲁滨逊在无人岛上的那种感知，从点点滴滴的自我肉体与生活消费的直接接触中获得新鲜感。因为我觉得，鲁滨逊的"第一次体验"佐证了他的人生价值与不安，而要想促成自己的"第一次体验"，只有一条路可走，就是通过单一破坏主义来恢复人性。

关于搬家迁移、改换职业、离家出走的具体问题，我将在下次有机会时再详细论述。总而言之，我们需要的是实际行动。纸上谈兵的冒险势必一事无成，而逃避只会使自己越来越闭塞……应该立刻打包行李走出家门！而且，一旦离家出走后，不轻易回家也是很重要的。

不过，也有像马塞尔·埃梅[1]写的《两张脸》中的主人公那样的人。那个人有一天忽然发觉自己脸变得比路易斯·乔丹[2]还漂亮，于是"离家出走"了。但后来他又返回家来勾引自己的妻子，重新回到了与以前完全相同的生活中。倘若有人像这个主人公那样直至骨髓都成了世俗习惯的俘虏，那这个人就不可救药了。

---

1 马塞尔·埃梅（Marcel Aymé，1902—1967）：法国小说家、剧作家。
2 路易斯·乔丹（Louis Jourdan，1921—2015）：法国演员。

歌谣人入门

歌谣人加油啊——不论干什么都不顺。借债借了一屁股,工作却一事无成。所以我现在每当听到火车的汽笛声,就想回到老家去了。

可是跟我一块儿从老家出来的那个朋友呢,他跟洗衣店老板吵了一架辞职不干以后,竟然误打误撞地在业余歌手大赛上被人相中,一下子成了当红歌手。

听说现在他住在高级公寓里,卖出的唱片都突破十万张了。我心里嘀咕:"唉,自己真不走运啊!"可是转念一想,"慢着……别看那家伙现在被捧上了天,谁知道今后会怎么样啊?"

一想到这里,那首歌就又脱口而出了:

> 这个招人喜欢的姑娘,
> 逃走时却是孤身一人。
> 我的坟场自己会找……

唱到这儿我喘了口气,接着又亮开了嗓子:

对呀，就这么去吧！

把这一段唱完，我总算不那么羡慕那个朋友了。
这就是歌谣人。

我这个人嘴笨，还有点儿结巴。看了一张广告，我想去那个"专治口吃与见人脸红紧张"的研究所看看，可还是没有自信。有时候我劲头十足，但一到别人面前就什么话都说不出来了。

于是在不知不觉中，我把畠山绿的一首歌谣曲当成了自己的处世训：

等着瞧我的吧！
那深藏心中的坚定梦想岂可改变？

每次我唱到这首歌里"深藏心中"的地方，顿时就会感到勇气十足。这也是歌谣人。

小市民逢到有什么事，都会随口来上一段歌谣曲，他们会按照歌中唱的处世之道去打点办理。街上的大哥大姐们在碰到紧急关头时，也总是哼着歌谣曲去排忧解难。他们这些人也可以统称为歌谣人吧。

歌谣曲是我们时代的布鲁斯。我平时虽然不唱歌，可是在新宿歌舞伎町的酒馆里玩起五张牌来,到了筋疲力尽夜色已深的时候,有时也会唱唱歌谣曲。

"下个月不来了,我想到夏威夷待一阵子去。"戴礼帽的大哥大说道。

他刚凑了个满堂彩[1]打出去,却被别人的炸弹[2]吃掉了,好像有点儿发蔫儿。

"因为夏威夷是我的老家嘛。"

一听他这句话,调酒师不假思索地嘴里唱起歌谣曲来:

> 有故乡可回真是好啊,
> 可怜我没老家也没爹妈……

那些翻着赛马报,舔着红铅笔,穿着西装的小混混,别嫌他们怪腔怪调地模仿三桥美智也[3]:"昨天一把赚千金,今日一跤进地狱……"他们也是可爱的歌谣人。还有那些逢人便油嘴滑舌一口一个"你好!你好!"的街头野鸡——她们其实身上也是青一块紫一块的,每天都过得很艰辛。我同情她们,真想拍拍她们肩膀说:"歌谣人加油啊!"

曾经发生过这样一件事。

---

1 满堂彩:三张同点与两张同点的一组牌。
2 炸弹:四张同点的一组牌。
3 三桥美智也(1930—1996):日本演歌歌手,原名北泽美智也。

我在千鸟街的小酒馆里喝酒时，听到长柜台尽头坐着的一对男女正在拌嘴。他们说着说着，嗓门渐渐大了起来。

"我爱上哪儿去就上哪儿去，你又不是我老公。"

"不是你老公，也是给你钱的呀。"

"给什么钱啊？不就那几张零票嘛！"

"我在问你前天晚上到哪儿去了。问你的权利总还有吧？"

说到这里，那男人的嗓门都变了，他忽地一把抓住女人衣服的前襟：

"听着，给我说老实话！又是跟那个搞推销的家伙到旅店开房去了吧？"

只听"啪"的一记响亮耳光，女人随之哭出了声："不是！不是嘛！"她想要从男子手中挣脱开来，可是男子已经像奥赛罗般嫉妒得发了疯，继续"啪""啪"地不停殴打女人。

"喂……"我朝调酒师使了个眼色。调酒师也不知是怎么想的，竟然放起唱片来了。他放的是畠山绿唱的歌：

> 你到这世上干什么来了？
> 别老跟着女人追个不停。
> 还是关心点天下大事吧，
> 我等着你当上个大人物！

当歌声唱到"大人物"的地方收住时,原本在静观这场争吵的其他酒客一下子不约而同地哄笑起来。一直在打女人的那个男人也总算醒过了神:这不是在给自己的武打戏放主题歌吗?于是也不得不尴尬地收手作罢。

那个调酒师大概也得算个歌谣人吧。他控制这种混乱场面的办法真可谓聪明过人,使我不由得想起了伊利奇·卡斯特纳[1]的《人生处方诗集》。

孤立无援的游荡歌谣人——"歌谣曲挺好的嘛。"有的大学教授这么说,也有从事相关研究的评论家想要从大众文化论的角度为歌谣曲定位。多田道太郎[2]说:

"听浪花调[3]的时候,它的发声法给人一种猛地将上边压下来的重物用力推开的感觉。也就是让人感觉到在歧视的压迫下一直发不出声音,所以这次才想要用惊人的力量去突破这种压迫。"

浪花调确实可以说源于受歧视的部落,源于挨门挨户的说唱乞讨。这么一说让我想起都春美[4]那种屏住丹田之气发力的唱法,听上去像是在憋着小便似的,倒是带有一种"推开什么东西"的气势。

---

1 伊利奇·卡斯特纳(Erich Kästner, 1899—1974):德国诗人、小说家、剧作家。
2 多田道太郎(1924—2007):日本的法国文学研究家、评论家。
3 浪花调:一种江户末期起源于大阪的民间说唱,又称浪曲。
4 都春美:日本演歌歌手,原名北村春美。其刚劲有力的唱法被誉为"春美调"。

不管是井泽八郎[1]、美树克彦[2],还是畠山绿,如果同样从这种浪花调传统的角度来衡量的话,他们的天然本嗓里都感觉得出一种与重压对抗的底气。而且,在受歧视部落内部,浪花调"作为支持部落中犯罪者的说唱,在京阪神一带也很受追捧"。由此就不难理解,浪花调一直是作为圈外人、多余的人、受排挤者、流浪者的音乐成长发展起来的。

闪烁的流星

浑身燃烧着投向北极。

在这首歌所唱的网走番外地,可以说至今仍留存着桃中轩云右卫门[3]之前的正统浪花调精神。

我在前面曾写到过,歌谣曲是我们这个时代的布鲁斯。若再想将民歌进行细分的话,则又可以分为两大类别:一类是从民谣延续到歌谣曲的系列;另一类是从劳动号子、校园歌曲到流行民歌、合唱歌曲的系列。而歌谣曲最为独特的性质,就在于它是"无法合唱的歌"。

小林旭和浅丘琉璃子演的电影《绝唱》中有个情节,就是天各一方的他们俩到了约定时间会一起唱同一首歌。

这当然是一种不合规矩的合唱,歌手们是绝不会这

---

[1] 井泽八郎(1937—2007):日本演歌歌手,原名工藤金一。
[2] 美树克彦:自编自唱歌手、音乐制作人,原名目方诚。
[3] 桃中轩云右卫门(1873—1916):日本浪曲师,本名山本幸藏。在浪曲界有"浪圣"之称。

样去合唱歌谣曲的。

对于这样同时唱的两个人来说,重要的不是合唱时的那种"配合感",而是一种极为模糊的"一体感"。

> 冷冷清清的这条街,日落时分悲切切,
> 擦掉眼泪去找吧……

一个中年保姆在厨房里一边擦拭炊具一边唱着,可是"两个人的星星"中的另一个人在哪里呢?

报纸角落里的《人生问答》栏中,连天登的都是两个可怜人的遭遇。然而,他们有的坐在楼梯上,有的在苍穹下的长途运输卡车货架上,有的在学校宿舍里……形形色色的歌谣曲人物都是一个人在唱着"去找两个人的星星吧"。从这些现象中,可以感受得到想要将现代已经断绝的感情交流恢复起来的"一体意识"。

如果将这样的曲子按照劳动号子或者合唱歌曲的形式,由许多人带着互相配合互相信赖的意识一起唱的话,又会变成什么样呢?

> 反正你要骗我,
> 那就一直骗到我死吧。

可以想象,这首《东京布鲁斯》如果来个万人大合唱,感动的或许就是那些政治家。

歌谣曲是一个人唱的歌,而且是孤立无援的群众在应对必须自己处理的问题时一个人脱口而出的歌。

棒球场上,南海鹰队大大领先西铁队,西铁队已经面临能否出线的生死关头。

到了这个地步,非得对南海鹰队展开有力反击不可了。可西铁队还是不改窝囊的颓势,这使得西铁队的粉丝们再也忍耐不住,终于大声叫骂起来:

"中西[1]!你怎么回事?"

"出场啊!"

一到有了满垒无出局的机会时,看台上的观众便会一齐朝西铁队的教练中西大喊,要他夺回"选手的荣誉"。局面俨然到了中西不出场粉丝就会誓不罢休的地步。然而这时的中西却还在哼唱着《姿三四郎》:

> 与绽放的樱花相比,
> 我还是更爱那
> 不惧践踏顽强生存的野草的心。

他唱的"野草的心"究竟指什么?是指像无名野草一样坚韧顽强地生生不息,还是指虽然不是花、却是花不可缺少的根,也就是指他这个培养选手绝对需要的教练?

---

[1] 中西:全名中西太,日本棒球选手、教练。

这其中的真实含义我也不得而知。不过，他心血来潮时便会独自开口唱歌，这倒可以说彰显出了歌谣人中西太的本性。

歌谣人是了不起的能人。他们一首歌听过之后便能记住那转瞬即逝的歌词。如果不是能够凭借这记住的歌词笑对七个敌人的汉子，是根本不可能参与到时代变革中去的。

正因为如此，我想建议一亿日本人都来当歌谣人。

图书在版编目（CIP）数据

唯有告别是人生：寺山修司随笔集 /（日）寺山修司著；高培明，彭永坚译 . — 北京：北京联合出版公司，2023.1

ISBN 978-7-5596-6290-3

Ⅰ.①唯… Ⅱ.①寺… ②高… ③彭… Ⅲ.①随笔—作品集—日本—现代 Ⅳ.① I313.65

中国版本图书馆 CIP 数据核字 (2022) 第 121419 号

北京市版权局著作权合同登记　图字：01-2022-6429

唯有告别是人生：寺山修司随笔集

作　者：	[日] 寺山修司
译　者：	高培明　彭永坚
策划机构：	雅众文化
策 划 人：	方雨辰
出 品 人：	赵红仕
特约编辑：	简　雅
责任编辑：	龚　将
装帧设计：	尚燕平

北京联合出版公司出版
（北京市西城区德外大街83号楼9层　100088）
北京联合天畅文化传播公司发行
山东临沂新华印刷物流集团有限责任公司印刷　新华书店经销
字数144千字　　1092毫米×787毫米　1/32　8印张
2023年1月第1版　2023年1月第1次印刷
ISBN 978-7-5596-6290-3
定价：65.00元

版权所有，侵权必究
未经许可，不得以任何方式复制或抄袭本书部分或全部内容
本书若有质量问题，请与本公司图书销售中心联系调换。电话：64258472-800

SHO WO SUTEYO MACHI E DEYO
©Syuji Terayama 1975, 2004
First published in Japan in 1975
by KADOKAWA CORPORATION,Tokyo.
Simplified Chinese translation rights
arranged with KADOKAWA CORPORATION,Tokyo
through JAPAN UNI AGENCY,INC.,Tokyo.